Dietmar Liese

Durch Gnade seid ihr errettet

Die Bibelstellen werden nach der im R.Brockhaus Verlag Wuppertal erschienenen „Elberfelder Übersetzung" in nicht revidierter Fassung angeführt.

Umschlaggestaltung E.Platte, D-5600 Wuppertal 2
Fotosatz: Knipp EDV-gesteuerter Lichtsatz, D-5802 Wetter 2
Gesamtherstellung: Druckhaus Gummersbach, D-5270 Gummersbach
Printed in Germany

ISBN 3-89287-350-X

Dietmar Liese

DURCH GNADE SEID IHR ERRETTET

Briefe für den Anfang

1

CSV

Inhalt

Vorwort

Diese ursprünglich einzeln verfaßten Briefe sollen nun im Rahmen dieses Büchleins einem breiteren Leserkreis zugänglich gemacht werden. Sie richten sich an solche, die ganz am Anfang ihres Christenlebens stehen und gerade erst durch die neue Geburt mit Gott in Verbindung gekommen sind, jetzt aber den Wunsch haben, mehr über das christliche Glaubensgut zu erfahren.

Als Verfasser habe ich mich bemüht, eine Ausdrucksweise zu wählen, die keinerlei der Kenntnisse voraussetzt, die man sich erst im Laufe der Jahre und in Gemeinschaft mit anderen Christen aneignet. Die persönliche Anrede in Briefform soll helfen, eine Verbindung vom Schreiber zum Leser zu erleichtern.

Wünschenswert ist der Besitz einer Bibel, damit die angeführten Zitate sofort im Zusammenhang nachgelesen werden können.

Bekehrung und Errettung

Erklärung einiger grundsätzlicher Begriffe aus der neuen Umgebung

Liebe Freundin, lieber Freund!
Liebe Schwester, lieber Bruder!

Vielleicht ist dir die zweite Anrede noch etwas ungewohnt, doch wenn du dich, wie ich sehr hoffe, entschieden hast, dein Leben als ein Christ weiterzuführen, ist sie vollkommen berechtigt. Wenn du darüber jedoch noch im Zweifel sein solltest, so hoffe ich sehr, daß sich das bald ändert.

Als solcher, der so am Anfang des Christenlebens steht, hast du ein umfangreiches Wissen zu erarbeiten. Dabei möchte ich dir gern helfen. Ich kenne natürlich nicht deine schulische Ausbildung, aber das ist auch gar nicht nötig, denn das, was du jetzt kennenlernen sollst, verlangt keine bestimmte schulische Vorbildung. In der Schule Gottes kann nämlich jeder lernen, der nur den guten Willen dazu hat. Willst du? Ja? Darüber freue ich mich sehr.

Wie alt bist du eigentlich? Das Mindestalter, um nun zu beginnen, ist nämlich 0 (in Worten: null) Jahre. Ja, du hast richtig gelesen. Allerdings muß ich dazu erklären, daß dabei von einem Alter ausgegangen wird, das mit deiner natürlichen Geburt nichts zu tun hat. Gott sieht es nämlich so, daß das eigentliche Leben erst anfängt, wenn man ein Christ wird, weil das Leben bis dahin für Gott völlig wertlos ist. Das bedeutet: Wenn man dieses neue Leben beginnt, dann wird man eigentlich erst richtig geboren. Die Bibel sagt dazu, daß man *von neuem* geboren wird. Hast du diese Geburt schon erlebt? Wenn dir das etwas komisch vorkommt (warum auch nicht?), so lies mal in der Bibel das 3. Kapitel vom Johannesevangelium (falls du eine „Elberfelder Bibel" besitzt, ist das wahrscheinlich auf der Seite 778). Da steht unter anderem:

„Es sei denn, daß jemand von neuem geboren werde, so kann er das Reich Gottes nicht sehen."

Hast du schon dieses Mindestalter erreicht? Wenn ja, dann können wir gleich voll einsteigen, wenn nicht, so hoffe ich, daß du den Weg dahin beim Lesen leichter finden wirst.

Was wollen wir alles lernen?

Zunächst einmal einige grundsätzliche Begriffe zum Thema Bekehrung und Errettung. Hiermit und mit anderen, damit verbundenen Themen wird sich dieses erste Büchlein in vier einzelnen Briefen befassen.

Wenn wir uns dann gemeinsam mit den Grundlagen vertraut gemacht haben, dann werden wir uns auch an weiterführende Themen heranwagen, z.B.:

Die Geschichte der Menschheit aus biblischer Sicht – Was wir aus dem Alten und dem Neuen Testament lernen können – Biblische Personen – Die symbolische Sprache der Bibel.

Die Beschäftigung mit den biblischen Themen sollte jedoch auch Auswirkungen auf unser tägliches Leben haben. Auch die folgenden Themen können dabei wichtig sein: Wie lebt ein Christ? – Der Christ und seine Familie – Der Christ in der Gemeinschaft.

Diese kurze Themenvorschau soll nur eine grobe Orientierung sein. Wie im einzelnen die Zusammenstellung sein wird und wie viele Briefe und Bücher es werden könnten, soll im Augenblick noch offenbleiben. Der Schreiber möchte dabei auch selbst mitlernen und für alles offen sein, was Gott zeigt.

Auf jeden Fall steht fest, daß niemand auf der Erde jemals das durch die Bibel angebotene Wissensgut ausschöpfen kann. Aber einen Anfang machen, das können wir.

Bekehrung

Dieses Wort ist gar nicht so ungebräuchlich, wie man vielleicht denkt, und auf jeden Fall bedeutet es immer, daß man irgendwie völlig umgekrempelt wird. Manchmal sagt vielleicht jemand zu seinem gar zu aufdringlichen Gesprächspartner: „Du willst mich wohl bekehren!" Bei *der* Bekehrung, von der wir jetzt reden, geht es gerade andersherum, sie ist eine Sache, die *meine eigene* Aktivität verlangt.

Im Wort „Bekehrung" liegt etwas von „umkehren". Umkehren, das haben wir immer dann nötig, wenn wir eine Zeitlang einen verkehrten Weg gegangen sind. Wem wäre das noch nicht passiert? Wichtig ist nur, daß man es doch irgendwann mal merkt. Was macht man in solchem Falle? Es wäre wohl töricht, weitergehen zu wollen, weil ja andere auch in der gleichen Richtung unterwegs sind! Richtig ist dagegen:

1. Stehenbleiben, um nicht noch mehr Zeit zu verlieren;
2. Informationen über die richtige Richtung einholen;
3. schnell in die neue Richtung gehen.

Genau das hat sich abgespielt, als du dich bekehrt hast. Du warst auf einem falschen Weg. Jeder Schritt führte dich weiter vom Ziel weg. Du mußtest auf deinem Weg ohne Gott stehenbleiben, ja erkennen, daß er bisher völlig nutzlos war. Und nun heißt es umdrehen und in entgegengesetzter Richtung weitergehen.

War dein bisheriges Leben wirklich nutzlos? Hast du nicht viele Werte geschaffen, Erfahrungen gesammelt,

Menschen geholfen usw.? Ja, rein menschlich gesehen hast du vielleicht schon viel geschafft und auch manche Anerkennung gefunden. Und nun mußt du dir sagen lassen, daß dein bisheriges Leben nutzlos war? Geht das nicht zu weit?

Vielleicht macht dir das wirklich noch Schwierigkeiten, und ich kann das auch gut verstehen. Doch versuche bitte, zu verstehen, daß du ohne die Bekehrung, die Umkehr zu Gott, ewig verlorengegangen wärest. Weißt du, was das bedeutet? Die wenigen Andeutungen, die die Bibel davon macht, sind schon schlimm genug, und doch reicht unser Vorstellungsvermögen sicher nicht aus. Wäre es nicht töricht, angesichts qualvoller, ewiger Gottesferne von einem erfüllten Leben zu reden oder dem Leben ohne Gott noch einen Wert beizumessen?

Das macht sicher vielen Menschen Schwierigkeiten. Viele kommen auch deshalb nicht zu Gott, weil sie nicht zugeben wollen, daß sie selbst schlecht sind. Doch Gott sagt eindeutig in Römer 3, Vers 12:

„Da ist keiner, der Gutes tue, ... da ist auch nicht einer.“

Vielleicht bist du mir jetzt böse, daß ich dein bisheriges Leben so schlechtmache. Gut. Liest du trotzdem weiter? Dann bin ich zufrieden. Vielleicht werden wir uns später noch mal einig.

Die Bekehrung hat stets zwei Richtungen.

„Wovon bekehren?“

„Wozu bekehren?“

Die Bibel sagt es zu bekehrten Menschen so:

„Wie ihr euch **von** *den Götzenbildern* **zu** *Gott bekehrt habt, dem lebendigen und wahren Gott zu dienen.“*
1. Thessalonicher 1,9.

Buße

Schreckliches Wort! Wer denkt da nicht gleich an sich kasteiende Mönche in den Klöstern, die versuchen, durch Selbstpeinigung gut zu werden und Gott zu gefallen? Oder an den Kaiser Heinrich IV., der auf seinem Bußgang nach Canossa stundenlang barfuß in Schnee und Kälte stand, um beim Papst Abbitte zu tun?

Nein, das ist es nicht, was die Bibel unter Buße versteht. Buße heißt ganz einfach, zu begreifen, daß man mit den im Leben angehäuften Sünden einem gerechten Gott nicht unter die Augen treten kann. Buße bedeutet ganz einfach schonungslose Selbstverurteilung und Anerkennung, daß die Strafe von seiten Gottes wegen all unserer Schlechtigkeit vollkommen berechtigt ist: Gott hat recht, wenn Er uns zur Verantwortung zieht.

Viele Menschen wollen vielleicht noch einsehen, daß sie schlecht sind. („Wir sind ja alle arme Sünder.") Aber daß Gott recht hat, wenn Er uns bestraft, nein, das geht zu weit. Hätte Gott nicht das Böse verhindern können? Warum gibt's soviel Ungerechtigkeit? Hätte, könnte Gott nicht ...? Ja, selbst ein Sünder sein und dann Gott noch auf die Anklagebank setzen, das könnte so passen! Nein, so geht's nicht.

Nein, Gott kann von uns einfach erwarten, daß wir aufhören, uns selbst zu verteidigen. Er hat ja seinen eigenen Sohn, den Herrn Jesus, geopfert, damit seine Feinde eine Chance bekommen, zu Ihm zu kommen. Ist das nicht ein sehr weites Entgegenkommen? Und nun sollen wir nichts weiter als einsehen, daß es keinen anderen Weg gab, weil wir selbst nichts bewerkstelligen konnten.

So einfach ist das mit der Buße – nicht wahr? –, nicht so schrecklich, wie das im Volksmund von früher her haftengeblieben ist. Dann wird es also für die meisten Menschen eine ganz einfache Sache sein!? Das wäre schön. Leider ist das Gegenteil der Fall. Ja, etwas von dem gutmachen, was ich verkehrt gemacht habe, damit wäre ich einverstanden ..., aber einfach „ja" sagen zu Gottes Urteil – nein, das bedeutet doch, seine vollkommene Hilflosigkeit einzugestehen. Wer will denn so etwas?

Und doch ist es die einzige Möglichkeit, mit dem bisherigen Leben vor Gott fertig zu werden.

Eigentlich hätte ich mit der Buße anfangen müssen, weil sie Voraussetzung für jede Bekehrung ist, denn nur die Einsicht in die eigene Hilflosigkeit bringt einen Menschen überhaupt erst zu der Bereitschaft, nach einem Ausweg zu fragen. Ich wollte nur nicht gleich mit diesem Wort schocken, nun haben wir es aber nachgeholt.

Die erste Aufforderung in der ersten christlichen Predigt lautete:

„Tut Buße ...!" *Apostelgeschichte 2,38,*
und in der ersten christlichen Verteidigungsrede:

„So tut nun Buße und bekehret euch, daß eure Sünden ausgetilgt werden!" Apostelgeschichte 3,19.

Wie gut, daß Gott *uns* das anbietet, und wohl dem, der es auch angenommen hat!

Glaube

Was kann man heute überhaupt noch glauben? Kann ich der Zeitung, dem Radio, dem Fernsehen noch glauben? Kann ich meinem Nachbarn, meinen Kollegen oder sogar meinem Freund noch glauben? Wir haben uns daran gewöhnt, gegen alle und gegen alles mißtrauisch zu sein. Und sicher nicht ganz zu Unrecht, jeder hat seine Erfahrungen gemacht.

Glauben, das Wort hat einen schlechten Klang bekommen. Glauben tut jemand, der zu faul ist, etwas selbst nachzuprüfen, oder auch zu dumm, und das will ja keiner sein. Also wird nichts geglaubt.

Ganz anders ist das mit dem Glauben an Gott. Dieser Glaube hat nichts mit der Vorstellung völliger Unsicherheit und Unbestimmtheit zu tun, wie viele Menschen denken. Eine deutliche Aussage darüber findet sich in Hebräer 11, Vers 1:

„Der Glaube aber ist eine Verwirklichung dessen, was man hofft, eine Überzeugung von Dingen, die man nicht sieht."

„Verwirklichung", das heißt, daß es für mich Wirklichkeit ist, über die es keinen Zweifel gibt. Das heißt auch, daß es mein Leben total bestimmt und beeinflußt. Manchmal werden Christen als hirnverbrannt, als verbohrt hingestellt. Das kommt daher, daß der gläubige Christ sich durch nichts von seinem Glauben abbringen läßt, nicht einmal, wenn er wegen seiner angeblichen Naivität ausgelacht wird. Wenn du gerade erst Christ geworden bist, wirst du das noch kennenlernen. Das ist manchmal das Schlimmste, schlimmer, als wenn uns einer deswegen verprügeln würde.

Worin besteht nun dein Glaube? Man sagt von uns Christen, daß wir an einen Gott glauben. Das ist auch fast richtig, denn wir glauben an den *einen,* den alleinigen Gott, den Schöpfer aller Welten. Das ist eine gewaltige Sache. Viele sagen, daß sie nicht an einen Gott glauben können, manche sind sogar so klug zu meinen, daß die Wissenschaft bewiesen habe, daß es keinen Gott gäbe. Nun, darüber wollen wir hier nicht diskutieren. Wir wollen uns lieber mit einer weiteren positiven Seite des Glaubens beschäftigen.

„... auf daß jeder, der an ihn glaubt, nicht verlorengehe, sondern ewiges Leben habe." Johannes 3,16.

Der Glaube läßt es uns zur Gewißheit, zur Wirklichkeit werden, daß wir ewiges Leben haben. Ewiges Leben – darüber sprechen wir noch – schließt ein, daß Gott uns alle unsere Sünden vergeben hat. Warum? Eins ist doch klar: Da Gott uns ewig bei sich haben will (auch das gehört zum ewigen Leben), so muß zuerst alles bereinigt werden, was bei uns mit Sünde und Schuld zu tun hat.

Jemand, der wirklich in Buße seine Schlechtigkeit vor Gott erkannt hat, dem fällt es naturgemäß anfangs schwer, nun anzunehmen, daß er wirklich vor Gott ganz gereinigt ist, daß wirklich *alles* vergeben ist. Sollte es dir auch so gehen, denke daran: Gott kann von uns nicht nur erwarten, daß wir uns selbst erkennen und verurteilen, sondern auch, daß wir dann *alles* glauben, was Er uns sagt. Und dazu gehört eben, Ihm zu glauben, daß das Mittel, das Er erdacht und uns Menschen zur Errettung zur Verfügung gestellt hat, auch völlig ausreichend ist. Selbst der leiseste Zweifel an der vollständigen Rettung und der Vergebung der Sünden ist Unglaube.

Wiedergeburt

Wenn du etwas zweifelnd dreinsiehst bei dem Gedanken daran, daß ein Mensch zweimal geboren werden könnte, dann bist du damit nicht der erste. Lies mal in Johannes 3, was ein hoher jüdischer Führer zu diesem Thema zu bemerken hatte. (Die Wiedergeburt, von der wir sprechen, hat nichts mit Seelenwanderung zu tun, die sich einige Mystiker ausgedacht haben.)

Zuerst müssen wir uns darüber klar werden, daß wir durch unsere natürliche Geburt zwar ein natürliches Leben haben, daß wir aber als unbekehrte Menschen und Nachkommen des Übertreters Adam durch den Fluch der Sünde für Gott tot sind.

„... als auch wir in den Vergehungen ***tot*** *waren."*
Epheser 2,5.

„... denn welchen Tages du davon issest, wirst du gewißlich ***sterben****."* *1. Mose 2,17.*

Diesen Zustand sieht Gott nun aber keineswegs als den normalen an. Er möchte auf der Erde nicht lauter Tote herumlaufen sehen. Doch was ist da zu machen? Ist der Mensch so zu verbessern, daß er für Gott wieder als lebendiger Mensch dastehen kann? Nein, alle Versuche, den Menschen zu verbessern, müssen fehlschlagen. Das Menschengeschlecht als sündige Nachkommenschaft Adams ist und bleibt verloren.

Nein, wir Menschen müssen ganz neu geboren werden. Gott will, daß dies mit uns geschieht. Wie das sein kann, sagt Er uns ganz deutlich in der Bibel, und Er selbst ist mit göttlicher Kraft dabei tätig durch seinen Heiligen Geist. Durch dieses Ereignis werden wir von dem verdorbenen Geschlecht völlig getrennt. Das neue Leben steht jedoch in direkter Verbindung mit dem Leben Gottes, dem ewigen Leben, mit dem wir uns noch im nächsten Abschnitt beschäftigen werden.

Diese Wiedergeburt hat noch eine sehr wichtige Seite, die man auch durch den Vergleich mit der natürlichen Geburt gut verstehen kann. Wenn ein Kind geboren wird, so wird es (normalerweise) in eine Familie geboren, es ist das Kind seiner Eltern. Wodurch könnte das Kind diese Tatsache rückgängig machen? Durch nichts. Selbst wenn es die Eltern ablehnt, verleugnet, bleibt es doch das Kind seiner Eltern. Ganz genau so ist es mit der Wiedergeburt. Durch sie werden wir in die Familie Gottes geboren, wir werden Kinder Gottes. Auch dieser Vorgang ist nicht rückgängig zu machen. Das gibt uns eine große Sicherheit, die jeden Zweifel ausschließt.

„Sehet, welch eine Liebe uns der Vater gegeben hat, daß wir Kinder Gottes heißen sollen! ... Geliebte, jetzt sind wir Kinder Gottes.“ 1. Johannes 3, 1.2.

Heißt das nun, daß wir, weil wir aus Gott geboren und seine Kinder sind, nun machen können, was wir wollen? Davor kann man nur warnen, weil nämlich die natürlichen Kennzeichen der Kinder Gottes in der Bibel so beschrieben werden:

„Jeder, der aus Gott geboren ist, tut nicht Sünde ..., und er kann nicht sündigen.“

1. Johannes 3,9.

Leider stellen wir oft fest, daß wir doch noch sündigen, weil wir auch nach der Bekehrung noch die sündige Natur in uns haben (auf dieses Problem müssen wir später noch näher eingehen). Aber das ist durchaus nicht etwas Normales. Man hat gesagt, wenn Unbekehrte sündigen, dann ist das für sie etwas ganz Normales – wenn Kinder Gottes sündigen, dann ist das wie ein schwerer Verkehrsunfall. Ein Mensch, der Christ sein will und bei dem das Sündigen etwas Normales ist – bei dem muß man ein großes Fragezeichen machen.

Ewiges Leben

Dieser Begriff ist eng mit dem vorhergehenden verbunden. Damit wir ihn gut verstehen, soll noch etwas zur Wiedergeburt nachgetragen werden. Wenn du sorgfältig die Bibel liest, wirst du nämlich feststellen, daß der Begriff „Wiedergeburt" gar nicht in diesem Sinn vorkommt, und eigentlich ist er auch nicht ganz treffend. Man könnte nämlich denken, daß doch noch etwas von dem Alten zu gebrauchen wäre. Richtiger wäre eigentlich, „neue Geburt" zu sagen:

„Ihr müsset von neuem geboren werden."

Johannes 3,7.

Auf der anderen Seite erinnert der Ausdruck „Wiedergeburt" daran, daß es doch um die gleiche Persönlichkeit geht.

Ebenso ist das ewige Leben nicht einfach nur eine Verlängerung des irdischen Lebens. Wenn das so wäre, könnte man es als eine Strafe auffassen. Wer möchte dieses Leben schon ewig fortsetzen? Nein, ewiges Leben (eigentlich müßte man „ewig" hierbei immer groß schreiben, weil die Eigenschaft dieses Lebens nicht nur darin besteht, nicht aufzuhören, sondern weil es der Begriff für eine ganz andere Lebensqualität ist, eben für etwas, was der Ewigkeit, dem Himmel, angehört) kann nicht mit den natürlichen Lebensvorstellungen erfaßt werden.

Das ewige Leben ist ganz eng mit dem Herrn Jesus Christus verbunden. Er ist der Schöpfer aller Dinge, der Erhalter aller Dinge, Er wird selbst das ewige Leben genannt:

„Wir sind in dem Wahrhaftigen, in seinem Sohne Jesus Christus. Dieser ist der wahrhaftige Gott und das ewige Leben." *1. Johannes 5,20.*

In dem Herrn Jesus sind wir also mit der Quelle allen Lebens verbunden. Wir haben das ewige Leben, weil wir den Herrn Jesus haben. Wir verstehen also, daß das Nicht-Aufhören des Lebens „nur“ *ein* Gesichtspunkt des ewigen Lebens ist.

Wenn man etwas über das ewige Leben erfahren will, lohnt es sich, besonders das Johannesevangelium und den 1. Johannesbrief genau zu lesen. Gerade der Apostel Johannes hat über dieses große Geheimnis (wer wollte sagen, daß er es verstehen kann?) viel geschrieben. Er war ja auch der Jünger, der mit dem Herrn Jesus besonders vertrauten Umgang hatte.

Wenn wir untersuchen, wie der Begriff „ewiges Leben“ im Neuen Testament gebraucht wird, stellen wir fest, daß

- gemäß dem Charakter der jeweiligen Schriftstelle Errettung, Seligkeit und ewiges Leben mit der Bekehrung oder aber mit dem Ende unseres irdischen Lebens verbunden werden;

- es keinen Zweifel über den Besitz des ewigen Lebens für den Gläubigen geben kann:

„Wer an den Sohn glaubt, ***hat*** *ewiges Leben.“*

Johannes 3,36.

„Wer an mich glaubt, ***hat*** *ewiges Leben.“*

Johannes 6,47.

Wollen wir Ihm nicht dafür dankbar sein?

Errettung

In diesem Begriff wird alles, was wir bisher behandelt haben, zusammengefaßt. Jeder Mensch ist ohne Buße und Glauben verloren und hat es nötig, errettet zu werden.

„Denn also hat Gott die Welt geliebt, ... auf daß jeder, der an ihn glaubt, nicht ***verlorengehe*** *...“*

Johannes 3,16.

Jeder Mensch steht vor dieser Entscheidung: Er kann Gottes Angebot annehmen oder ablehnen. Aber, wird man vielleicht fragen, wenn Gott das jedem Menschen freistellt, wie kann Er dann die Menschen so hart bestrafen, die das Angebot nicht annehmen? Doch ganz so ist das mit der Auswahl auch nicht:

„... er ***gebietet*** *jetzt den Menschen, daß sie alle allenthalben Buße tun sollen.“*

Apostelgeschichte 17,30.

Es ist also direkter Ungehorsam Gott gegenüber, wenn man das nicht tut. Es ist ja auch wirklich eine schlimme Beleidigung, denn Gott hat seinen geliebten, einzigen Sohn geopfert. Wie sehr muß es Ihn schmerzen, wenn jemand das mißachtet! Es schmerzt Ihn auch deshalb, weil Er nicht will, daß auch nur *ein* Mensch ewige Strafe leiden muß:

„ ... unser Heiland-Gott, welcher will, daß ***alle*** *Menschen errettet werden und zur Erkenntnis der Wahrheit kommen.“* *1. Timotheus 2,4.*

Der Begriff „Errettung“ wird im Neuen Testament in mindestens drei verschiedenen Bedeutungen gebraucht. Meistens geht die Bedeutung aus dem Zusammenhang schon klar hervor, aber manchmal muß man genau überlegen, was gemeint ist.

1. Die erste und wichtigste Bedeutung ist die, über die wir jetzt gerade geredet haben. Dafür werden allerdings im Deutschen auch noch die Wörter *Seligkeit* und

Heil gebraucht. Im Prinzip ist immer dasselbe gemeint. Es geht darum, daß wir schon hier auf dieser Erde durch Buße und Glauben errettet werden.

2. Wenn wir nun als Kinder Gottes über diese Erde gehen, haben wir manche Schwierigkeiten. Nicht nur solche, wie jeder Mensch sie hat, sondern Schwierigkeiten, weil Satan, der große Feind des Herrn Jesus und damit auch unser Feind, versucht, uns alles mögliche in den Weg zu stellen, nicht nur äußere Probleme, sondern auch Zweifel und Unfrieden. Da haben wir täglich nötig, daß wir aus solchen Problemen errettet werden; auch das will Er tun.

3. Obwohl wir schon für die Ewigkeit errettet sind, fehlt an der Errettung doch noch eine Sache: Unser Leib, unser Körper ist noch auf der Erde und damit den Folgen der Sünde unterworfen. Doch der Herr Jesus will auch unseren Leib erretten, und deshalb sehen manche Bibelstellen die Errettung am Ende unseres Lebensweges bzw. dann, wenn Er kommt, um alle Gläubigen in die Herrlichkeit zu holen.

„Was muß ich tun, auf daß ich errettet werde?“ – „Glaube an den Herrn Jesus, und du wirst errettet werden.“ Apostelgeschichte 16,30.

„Es ist in keinem anderen das Heil, denn auch kein anderer Name ist unter den Menschen gegeben, in welchem wir errettet werden müssen.“

Apostelgeschichte 4,12.

Gott

Drei Personen – *ein* Gott

Liebe Schwester, lieber Bruder im Herrn!

Wie gut, daß wir uns so anreden dürfen! Durch die Wiedergeburt haben wir das ewige Leben, ja, wir sind in die Familie Gottes hineingeboren – erinnerst du dich an den ersten Brief? Ich hoffe, daß er dir eine Hilfe sein konnte.

Ja, in dem Herrn Jesus, unserem Erlöser, sind wir nun Geschwister; Gott im Himmel ist unser Vater. Vielleicht hast du inzwischen Gott als den großen Schöpfer des Weltalls kennengelernt. Oder auch als Den, der wegen seiner Heiligkeit Sünde nicht sehen kann. Doch kennst du Ihn auch schon als deinen treuen, sorgenden Vater?

„Denn der Vater selbst hat euch lieb."

Johannes 16,27.

Und wir haben unseren Herrn, den Herrn Jesus Christus, der gesagt hat:

„Ich bin bei euch alle Tage, bis zur Vollendung des Zeitalters." *Matthäus 28,20.*

Bevor der Herr Jesus diese Erde verließ, hat Er den Seinen versprochen, den Sachwalter (Fürsprecher) zu senden. Das ist jemand, der für einen anderen eintritt, wenn dieser in Not oder Bedrängnis kommt:

„Der Sachwalter aber, der Heilige Geist, welchen der Vater senden wird in meinem Namen, jener wird euch alles lehren ..." *Johannes 14,26.*

Und nun wirst du vielleicht langsam die Frage stellen:

Wer ist denn nun eigentlich Gott?

Ist es der Vater? Ist es der Sohn (Jesus Christus)? Ist es der Heilige Geist?

Falls du auch schon etwas im Alten Testament geblättert hast, wirst du, je nach Übersetzung, vielleicht auch schon etwas von *Jehova* (oder: dem HERRN) gelesen haben. (Keine Angst, das hat nichts mit den „Zeugen Jehovas" zu tun, falls du diesen Namen schon mal gehört hast.)

So sind wir schon fast mitten drin in unserem Thema, das diesen zweiten Brief ganz ausfüllen wird. Dabei werden wir uns nur auf ganz wesentliche, grundsätzliche Wahrheiten beschränken, die *Gott* betreffen.

Dabei ist zu beachten, daß Er nicht „nur" eine geheimnisvolle Kraft ist oder wie immer man Ihn bezeichnet, um dadurch den Gedanken an einen persönlichen Gott zu vermeiden. Und doch haben wir es in bezug auf Gott mit einem großen Geheimnis zu tun, weil Gott sich uns Menschen in *drei* Personen vorstellt. Er selbst sagt uns in der Bibel einiges darüber, deshalb wollen wir uns gleich ein wenig damit beschäftigen.

Gott, der Allmächtige

Weil es so wichtig ist, will ich es gleich noch einmal sagen: Niemand kann Gott jemals ganz verstehen, auch nicht ein Christ, ein Gläubiger, selbst nicht in der Ewigkeit. Wir müssen immer bedenken, daß wir auch in der Ewigkeit Menschen bleiben und Er ewig der Allmächtige. Wir können Ihn nie ganz begreifen, weil wir sonst selbst Gott sein müßten.

„... den keiner der Menschen gesehen hat, noch sehen kann, welchem die Ehre sei und die Macht! Amen." *1. Timotheus 6,16.*

Wenn wir so von Gott sprechen, dann meinen wir den alleinigen Gott in seiner Allmacht und Erhabenheit, den „drei-einen" Gott. Und wenn die Bibel ganz allgemein von „Gott“ redet, dann ist damit meistens Gott in dieser seiner Größe gemeint. Der Begriff „Dreieinheit“ ist der Wortbedeutung nach eigentlich für unseren Verstand absurd: Drei, und doch Einer. Manche Christen gebrauchen auch das Wort „Dreieinigkeit“ dafür (oder auch: „Dreifaltigkeit“), was für das menschliche Vorstellungsvermögen einen Kompromiß bedeutet, denn daß sich drei Personen „einig“ werden, kann man sich noch vorstellen, aber daß drei Personen „eins“, eine „Einheit“, sind, das ist schwer vorstellbar. Und doch müssen wir uns daran gewöhnen, weil die Bibel, das Wort Gottes, es so sagt.

*„Denn Gott ist **einer**.“* *1. Timotheus 2,5.*

„Ich und der Vater sind eins.“ *Johannes 10,30.*

„Taufet sie auf den Namen des Vaters, des Sohnes und des Heiligen Geistes.“ *Matthäus 28,19.*

Schon in der Schöpfungsgeschichte erkennen wir, daß Ratschlüsse von dem dreieinen Gott gefaßt wurden, als es um das Wichtigste ging:

*„Lasset **uns** Menschen machen in unserem Bilde.“*
1. Mose 1,26.

Ein weiterer wichtiger Punkt ist, daß Gott der Ewig-Seiende ist. Gott hat keinen Anfang und kein Ende, wobei das ja sowieso menschliche Zeitbegriffe sind, über die Gott erhaben ist. Schon im Alten Testament stellte sich Gott dem großen Gottesmann Mose gegenüber so vor:

„Ich bin, der ich bin. Und er sprach: Also sollst du zu den Kindern Israel sagen: ‚Ich bin‘ hat mich zu euch gesandt.“ *2. Mose 3,14.*

Und als der Herr Jesus auf der Erde war, zeigte Er auch etwas von dieser Macht und Herrlichkeit, als die Menschen meinten, Ihn mit Gewalt gefangennehmen zu können. „Als Er zu ihnen sagte:

Ich bin's,

da wichen sie zurück und fielen zu Boden." (Johannes 18,5.) Vor Gott in seiner ewigen Macht kann kein Mensch stehenbleiben. Doch wie froh dürfen wir sein, daß Er sich dann freiwillig hingab ...

Wenn wir bedenken, was das für eine große Gnade und Barmherzigkeit ist, daß dieser große, ewige und allmächtige Gott sich über Menschen erbarmt hat, die überhaupt nichts von Ihm wissen wollten, dann können wir nur staunen – und danken.

„Gott aber, der reich ist an Barmherzigkeit ..., errettete uns." *Epheser 2,4.*

Jesus Christus, der Sohn Gottes

Vielleicht denkst du, bei der Behandlung dieses Themas müßte jetzt eigentlich Gott, der Vater, kommen. Ganz davon abgesehen, daß wir uns ohnehin keine Reihenfolge oder Wertigkeit bei den göttlichen Personen ausdenken können, ist es aber einfach unmöglich, über Gott als unseren Vater zu sprechen, ohne vorher etwas über den Sohn Gottes zu sagen, denn Er hat gesagt:

„Niemand kommt zum Vater, als nur durch mich."
Johannes 14,6.

„Wer mich gesehen hat, hat den Vater gesehen."
Johannes 14,9.

Hieran erkennen wir, daß der Herr Jesus durch sein Kommen auf die Erde Gott als Vater offenbaren wollte. So wahr es ist, daß wir das Letzte von dem ewigen, allmächtigen Gott niemals erkennen können, so wahr ist es auch, daß wir Ihn als unseren Vater kennenlernen dürfen – und das nicht erst irgendwann, sondern jetzt, heute, so wie wir sind, dürfen wir Ihn erfahren. Doch halt, wir wollten doch zuerst etwas über den Sohn Gottes sagen.

So seltsam es klingen mag: Ihn, den Sohn Gottes, Jesus Christus, werden wir, was das Geheimnis seiner Person angeht, niemals begreifen können. Obwohl Er ja gerade Mensch wurde, uns so nahe gekommen ist – wir können es nicht.

„Niemand erkennt den Sohn, als nur der Vater."
Matthäus 11,27.

Warum ist das so? Weil Er, der Herr Jesus, als wahrer, wirklicher Mensch auf diese Erde gekommen ist und doch niemals aufgehört hat, Sohn Gottes und damit Gott selbst zu sein. Er wandelte als Mensch auf der Erde und sagte dabei von sich selbst:

„Der Sohn des Menschen, der im Himmel ist."
Johannes 3,13.

Wer hält sich für so klug, dieses Geheimnis zu lüften? Deshalb ist es vielleicht gut, gleich eine Warnung oder Bitte auszusprechen: Versuche bitte nie, die Person des Herrn Jesus mit dem Verstand zu ergründen. Wir werden aufgefordert, den Herrn Jesus zu betrachten, ja, die Bibel ist voll von seiner Herrlichkeit. Doch das Geheimnis seiner Person entzieht sich unserem Denkvermögen. Gläubige Männer, Inhaber von hohen akademischen Graden, haben es in der Vergangenheit versucht. Vielleicht meinten sie, vorsichtig heranzugehen – und doch sind sie elend gescheitert und haben so schlimme Irrlehren und Trennungen unter Gläubigen verursacht. Nein, mehr Gewinn und Freude gibt es, wenn wir das Folgende tun:

„... hinschauend auf Jesus, den Anfänger und Vollender des Glaubens ...“ *Hebräer 12,2.*

Daß wir seine Person nicht vollständig begreifen können, liegt auch an der Art, wie Er Mensch wurde: auf eine übernatürliche Weise. Es wäre vermessen, die Jungfrauengeburt erklären zu wollen, aber an der Tatsache wollen wir festhalten, denn Gottes Wort spricht klar und eindeutig darüber; lies den Anfang des Matthäus- oder des Lukasevangeliums dazu. Das Wort Gottes ist Wahrheit und kann es nur *ganz* sein; es ist unmöglich, *etwas* anzuzweifeln, ohne *das Ganze* zu verwerfen. Es ist nicht hilfreich, darüber zu spekulieren.

Ist es dir möglich, das zu akzeptieren, ohne es mit dem Verstand ergründen zu können? Ich will die Gegenfrage stellen: Wäre Gott sonst Gott? Und soviel schon jetzt: Du wirst deinen Verstand als Christ noch sehr brauchen, denn Gott hat ihn dir gegeben!

Die Person des Sohnes Gottes ist so wichtig und erhaben, daß wir uns hier noch ein wenig mehr mit Ihm beschäftigen wollen. Es ist nämlich auch sehr wichtig, welche Stellung *wir* Ihm gegenüber einnehmen. Dabei gibt es zwei Extreme, denen wir aber nicht folgen wollen:

Es gibt Menschen, die eine tiefe Ehrfurcht vor dem Sohn Gottes haben und deshalb kaum wagen, sich an Ihn zu wenden (im Gebet). Er aber hat gesagt:

„Kommet her zu mir, alle ihr Mühseligen und Beladenen, und ich werde euch Ruhe geben.“

Matthäus 11,28.

Niemand kann uns den Zugang zu dem Herrn Jesus streitig machen. Und doch gab und gibt es Menschen, die sich sogar Christen nennen und doch sagen, man könne sich Ihm nur über Vermittlung von Maria, der „Mutter Gottes“, nahen. Was für eine schreckliche Sache, die Ehrfurcht des Menschen auszunutzen, um den Zugang zu dem alleinigen Retter zu verbauen – ein Werk Satans, des Widersachers. Wie könnte der Herr Jesus einen Mittler brauchen, wo Er selbst der Mittler ist!

„Denn Gott ist ***einer,*** *und* ***einer*** *Mittler zwischen Gott und Menschen, der Mensch Christus Jesus.“*

1. Timotheus 2,5.

Aber dann gibt es ein anderes Extrem: Fehlende Ehrfurcht. Da meinen manche Christen, da Er ja als wahrer Mensch auf der Erde war, müßte man Ihn auch entsprechend behandeln, so wie einen guten Kumpel: Hallo, du! – Nein! Niemals dürfen wir vergessen, daß Er der Sohn Gottes ist, der jetzt zur Rechten Gottes sitzt, Er, der Schöpfer und Erhalter aller Dinge:

„Denn durch ihn sind alle Dinge geschaffen, die in den Himmeln und die auf der Erde ..., und alle Dinge bestehen zusammen durch ihn.“

Kolosser 1,16.17.

So wollen wir Ihm auch in der gebührenden Art gegenübertreten. Er ist unser Herr. Das Neue Testament nennt Ihn viele Male „Herr Jesus“ (über 100mal), und deshalb wollen wir Ihn auch so nennen, auch wenn wir beten. – Natürlich haben wir ein besonders vertrautes Verhältnis zu Ihm, weil Er als Mensch hier auf der Erde war. Wenn wir mit Problemen, die wir als Menschen haben, zu Ihm kommen, so reden wir mit jemandem, der das alles (ausgenommen die Sünde) selbst erlebt hat, es aus eigener Erfahrung kennt. Er hat Hunger, Erschöpfung und körperlichen Schmerz selbst erfahren, und noch mehr, auch manche psychische Belastung, unter der wir vielleicht stöhnen, wenn wir verkannt und mißverstanden werden – Er kennt das alles.

Der Herr Jesus ist der Sohn Gottes, aber Er nennt uns seine Brüder und seine Freunde:

„Er schämt sich nicht, sie Brüder zu nennen.“

Hebräer 2,11.

„Aber ich habe euch Freunde genannt.“

Johannes 15,15.

Doch nirgends in der Bibel lesen wir, daß jemand gesagt hätte: Jesus, mein Freund oder mein Bruder. Wir wollen nie vergessen, daß wir Menschen sind und bleiben. Er aber ist der ewige Sohn Gottes, und – wenn Er uns als Mensch gezeigt wird – gibt Gott selbst Ihm den ersten Platz:

„... damit er der Erstgeborene sei unter vielen Brüdern.“ *Römer 8,29.*

Das ist dein und mein Herr, der Sohn Gottes, Jesus Christus!

Gott, der Vater

Als Kinder Gottes dürfen wir nun den Vater kennen. Doch ist das eben nur möglich, nachdem wir den Herrn Jesus als Retter kennengelernt haben, denn Gott kann uns nur nahen, wenn die Frage unserer Schuld und Sünde geklärt ist, und das ist nur durch das Kreuz von Golgatha möglich. Jesus Christus sagte zu seinem Vater:

„Ich habe deinen Namen geoffenbart den Menschen, die du mir aus der Welt gegeben hast."

Johannes 17,6.

Und als sein Werk vollbracht war, konnte Er zu den Seinen sagen:

„Ich fahre auf zu meinem Vater und eurem Vater, zu meinem Gott und eurem Gott." Johannes 20,17.

Wenn wir dann im Neuen Testament weiterlesen und zu den Briefen kommen (an die Römer, Korinther usw.), können wir feststellen, daß die Schreiber das wirklich ganz ernst nahmen, indem sie Gott unseren Vater nannten.

„Gnade euch und Friede von Gott, unserem Vater, und dem Herrn Jesus Christus." 1. Korinther 1,3.

„Danksagend dem Vater, ... der uns errettet hat aus der Gewalt der Finsternis." Kolosser 1,12.

Mit Gott, unserem Vater, sind wir aufs innigste verbunden. Eine untrennbare Beziehung der Liebe verbindet uns. Seine Liebe zu uns ist unerschütterlich (wenn möglich, lies im Römerbrief Kapitel 8, ab Vers 31!). Er ist für uns besorgt. Wenn schon Kinder ihren Eltern normalerweise darin vertrauen – unser Vater im Himmel weiß noch weitaus besser, was wir als seine Kinder auf der Erde nötig haben.

„So seid nun nicht besorgt, ... denn euer himmlischer Vater weiß, daß ihr dies alles bedürfet."

Matthäus 7,31.

Gott verbindet sich als Vater jedoch auch noch in einer Beziehung mit uns, die einen etwas anderen, doch ebenso erstaunlichen Charakter hat: Er will der Vater von Söhnen sein. Aber, so wirst du einwenden, wo ist denn da der Unterschied? Doch, es gibt einen. Machen wir es uns doch einfach an den gesunden, natürlichen Beziehungen klar:

Das Kind ist von Geburt an in die innigen Beziehungen der Liebe zum Vater hineingewachsen. Die Zuneigung und Fürsorge des Vaters haben ihre Wurzeln im Herzen des Kindes geschlagen. – Von einem Sohn erwartet der Vater bewußtes Interesse an den Dingen, womit sich der Vater beschäftigt. Der Vater möchte verstanden werden und jemanden haben, der auch in seinem Auftrag, in seinem Interesse und in seinem Sinne handelt. Wenn dies ohne Zwang und Überredung geschieht, ist es eine Freude für den Vater. Was muß es für Gott sein, Söhne auf der Erde zu haben!

„Gott hat ... uns zuvorbestimmt zur Sohnschaft durch Jesus Christus ***für sich selbst.*** *“ Epheser 1,5.*

„Gott handelt mit euch als mit Söhnen.“

Hebräer 12,7.

Wir sollten also immer daran denken: Was wünscht mein Vater von mir, worin kann ich Ihm nützlich und zur Freude sein? Ja, Gott, der Vater, sucht so etwas für sein Herz. Kennst du Ihn schon so? Besondere Freude aber hat Er daran, wenn wir uns mit seinem Sohn, dem Herrn Jesus, beschäftigen und das bei Ihm schön finden, woran auch Er sein Wohlgefallen hat. Das drückt der Herr Jesus so aus:

„Denn auch der Vater sucht solche als seine Anbeter.“ Johannes 4,23.

Gott, der Vater, wartet darauf, daß wir uns um das kümmern, womit wir Ihn erfreuen können.

Der Heilige Geist

Und jetzt kommt ein Kapitel, das dem Verstand des Menschen vielleicht die größten Schwierigkeiten bereitet. Wenn du also da noch Probleme hast, stehst du sicher nicht allein, doch will Gott in seinem Wort auch darauf Antwort geben. Hier kann dieses Thema natürlich nicht umfassend behandelt werden.

Gott, der Heilige Geist, ist – das zeigt die Bibel eindeutig – eine Person. Zahlreiche Bibelstellen, die hier nicht alle aufgezählt werden können, zeigen, daß der Heilige Geist denkt, urteilt, Kraft hat, einen Willen hat, betrübt und belogen werden kann.

Ganz deutlich wird der Heilige Geist *als Person* eigentlich erst im Neuen Testament offenbart. Im Alten Testament ist das noch etwas verborgen.

„Ich bin mit Kraft erfüllt durch den Geist Jehovas." Micha 3,8.

„ … und habe ihn mit dem Geiste Gottes erfüllt." 2. Mose 31,3.

„ Der Geist Gottes kam über Sekarja." 2. Chronika 24,20.

Es war auch noch verborgen, als der Herr Jesus auf der Erde war, obwohl Er schon sehr deutlich davon sprach, daß Er den Sachwalter senden wollte, den Heiligen Geist, der die Gläubigen alles lehren sollte. Doch wie gewaltig die Gegenwart dieser göttlichen Person ist, wurde erst mit dem Pfingsttage klar, als der Heilige Geist, wie verheißen, als Person auf die Erde kam.

Die Aufgaben und Tätigkeiten des Heiligen Geistes sind so vielfältig, daß die folgende Darstellung nur ein Versuch sein kann:

in bezug auf die Welt
– Vorbereitung zum Gericht;
in bezug auf Menschen, die errettet werden
– Wirkung an den Herzen;

in bezug auf wiedergeborene Menschen
– in ihnen zu wohnen;
in bezug auf die Versammlung/Gemeinde
– in ihr zu wirken;
in bezug auf den Herrn Jesus – Ihn zu verherrlichen.

Vielleicht gibt es später Gelegenheit, dieses Thema ausführlicher zu behandeln. Die folgenden Bibelstellen sollen nur einige wichtige Punkte klarmachen:

„Denn auch in einem Geiste sind wir alle zu einem Leibe getauft worden ..." 1. Korinther 12,13.

(Das geschah, als der Heilige Geist am Pfingsttage kam.)

„Oder wisset ihr nicht, daß euer Leib der Tempel des Heiligen Geistes ist, der in euch wohnt?" 1. Korinther 6,19.

(Er wohnt in jedem Gläubigen persönlich.)

„Während sie aber dem Herrn dienten, sprach der Heilige Geist ..." Apostelgeschichte 13,2.

(Er war gegenwärtig, als man versammelt war.)

Der Heilige Geist ist also auf der Erde, Er wohnt in uns, Er führt uns, will uns belehren, will den Herrn Jesus verherrlichen. Es liegt an uns, was Er in unserem Leben tun kann; denn wenn wir eigenwillig leben oder sündigen, wird Er betrübt und gedämpft, d.h., Er kann bei uns nicht das erreichen, was Er möchte.

Die Bibel sagt uns auch, daß wir mit dem Heiligen Geist versiegelt (als Gottes Eigentum gekennzeichnet) sind und daß wir mit dem Heiligen Geist zum Dienst gesalbt worden sind (wie früher die Priester und Könige).

Gott im Alten Testament

Wir haben schon festgestellt, daß die Menschen im Alten Testament noch keine so tiefe Kenntnis über Gott hatten. Den ersten Menschen nach der Schöpfung offenbarte sich Gott als der Schöpfer-Gott, als der Allmächtige. Dann aber auch bald als der „Ich bin"/Jehova (erstmalig in 1. Mose 4,1). Jehova ist wirklich ein Name Gottes. Allerdings nehmen die meisten Gelehrten heute an, daß die korrekte Aussprache dieses Namens „Jahwe" ist. Viele Bibelübersetzungen haben im Alten Testament „Jehova" mit „der HERR" wiedergegeben und unterscheiden diesen Namen Gottes von dem Titel „Herr" durch die Schreibweise. Siehe z.B. 2. Samuel 7,28:

„Nun, Herr HERR, du bist Gott ..." (Luther-Übersetzung, 1984);

„Herr, Jehova, du bist es, der da Gott ist ..." (Elberfelder Übersetzung).

Wenn wir die biblische Geschichte weiter verfolgen, sehen wir, daß Jehova der Bundesgott Israels ist. Er hat mit dem Volk Israel einen Bund gemacht. Wegen der Untreue dieses Volkes mußte Er sie jedoch richten und eine Zeitlang sich selbst überlassen. Doch schon im Alten Testament finden wir das Versprechen Gottes, daß Er einen Retter (hebräisch: Messias, griechisch: Christus) senden wollte. Auf diesen warteten die gläubigen Juden zur Zeit der Geburt des Herrn. – Doch daß dieser Messias als der Sohn Gottes, als dieser Jehova selbst kommen würde, das hatten sie nicht gedacht. Deshalb glaubten so wenige an Ihn, obwohl Er doch so viele Wunder tat. Über Ihn mußte gesagt werden:

„Er kam in das Seinige, und die Seinigen nahmen ihn nicht an." Johannes 1,11.

Er wollte seinem Volk nochmals eine Chance geben und kam deshalb selbst als Mensch auf die Erde und lebte unter ihnen, doch sie lehnten Ihn ab. – Auch das ist der Herr Jesus, Gottes Sohn, Jehova. Hast du Ihn schon so gekannt?

Jehova Gott kam auch schon im Alten Testament manchmal in einer für Menschen sichtbaren Gestalt. Lies die Geschichte Abrahams (z.B. in 1. Mose 18,16-22) oder Gideons (Richter 6 ab Vers 11), wo diese Gestalt auch Engel Jehovas genannt wird. Jehova zeigte sich in einer Gestalt, wie der Mensch es ertragen konnte, denn niemals kann ein Mensch Gott wirklich sehen, ohne zu sterben. – Doch als wahrer, geborener Mensch kam Er erst durch den Herrn Jesus. Wie schade, daß sie Ihn nicht haben wollten!

Zusammenfassung

Wegen der Ablehnung durch das Volk Israel (sie lehnen Ihn bis heute noch ab) wandte sich der Herr Jesus nun den Nationen zu (Nationen nennt die Bibel stets alle Nicht-Juden, im Neuen Testament steht dafür auch oft der Sammelbegriff „Griechen"). Aufgrund des Kreuzes von Golgatha wird die Errettung jetzt allen Menschen angeboten. Wenn sie das Angebot annehmen, so

- werden ihnen die Sünden vergeben, weil Jesus Christus, der *Sohn Gottes*, der einzige sündlose Mensch auf der Erde, die Strafe des heiligen Gottes für sie schon erduldet hat;
- dürfen sie wissen, daß sie durch eine neue Geburt als Kinder Gottes in die Familie Gottes geboren sind und daß sie *Gott, den Vater,* als ihren Vater im Himmel haben, der sie liebt und für sie sorgt;
- gibt Gott ihnen den *Heiligen Geist,* der dann in ihnen wohnt, sie unterweist und führt, auch warnt und ihnen ein zartes Gewissen bewahren will.

Die Bibel

Das Wort Gottes und wie man damit umgeht

Lieber Bruder, liebe Schwester!

Ist deine Verbindung mit dem Herrn Jesus Christus noch lebendig und frisch? (Fasse diese Frage bitte nicht als Mißtrauen auf.) Gerade das ist nicht völlig selbstverständlich. Das Christentum war erst einige Jahrzehnte alt, als der Herr Jesus schon zu einer Versammlung sagen mußte:

„Ich habe wider dich, daß du deine erste Liebe verlassen hast." Offenbarung 2,4.

Das erwähne ich aber nicht etwa, um dir Angst zu machen; aber wir müssen uns der Gefahr, der wir als Christen unterliegen, einfach bewußt sein, damit wir mit der Hilfe Gottes rechtzeitig vorbeugen können. Junge Christen (hier ist nicht das natürliche Lebensalter gemeint) stehen besonders in Gefahr, in ihrer ersten Liebe und ihrem Eifer für den Herrn Jesus zu vergessen, daß sie schwache Menschen geblieben sind und sogar ein erklärtes Ziel für den Haß und die Angriffe Satans darstellen. Also bitte:

Kein Selbstvertrauen, aber ein unerschütterliches Vertrauen auf die bewahrende Kraft unseres Herrn Jesus! Er selbst bietet uns dafür auch die Hilfsquellen:

1. Das **Gebet** als die ständige Möglichkeit, mit allen unseren Problemen zu Ihm zu kommen.

2. Das **Wort Gottes,** in dem Er mit uns redet, uns belehrt und unterweist, wie wir uns jetzt verhalten sollen.

Und damit bin ich nun schon etwas näher an unser

nächstes Thema herangekommen, mit dem sich dieser Brief befassen soll:

Die Bibel, das Wort Gottes.

Es liegt mir auch schon lange am Herzen, etwas über die Art zu sagen, in der diese Briefe verfaßt werden: Es wird dir aufgefallen sein, daß immer wieder Zitate aus der Bibel benutzt werden. Zitiert man Bibelverse, wenn man selbst nicht mehr weiterweiß? So findet man es häufig in der Literatur unserer Zeit: Man schreibt ein Buch, indem man es aus vielen anderen Büchern zusammenzitiert.

Die Bibel aber ist das Wort Gottes, und wenn wir mit Gottes Hilfe hier und da eine Erklärung geben dürfen, so ist das viel. Die eigentlichen Aussagen aber bringt die Bibel selbst. Sie bleibt stets der Maßstab, an dem alles Gesagte und Geschriebene gemessen werden muß. Du solltest auch der Tatsache ins Auge sehen, daß nicht alles, was auf christlichem Gebiet geschrieben wird, eine Prüfung nach diesem Gesichtspunkt verträgt. Ich spreche das nicht an, um dich als jungen Christen zu verunsichern. Nein, wer den Heiligen Geist hat, der ist auch in der Lage, die guten und die schlechten Stimmen zu unterscheiden.

„Einem Fremden aber werden sie nicht folgen ..., weil sie die Stimme des Fremden nicht kennen."

„Meine Schafe hören meine Stimme, und ich kenne sie, und sie folgen mir." Johannes 10,5.27.

Diese und andere Schriftstellen zeigen deutlich, daß es in erster Linie darauf ankommt, Stimmen unterscheiden zu können. Das Bild des Hirten mit seinen Schafen ist dabei ganz einleuchtend. Oder wenn man bedenkt, wie ein Säugling die Stimme der Mutter kennenlernt: durch ständiges Hören. Ein langer Vortrag über die Vorzüge und guten Eigenschaften der Mutter wäre sinnlos: das Kind spürt die Liebe der Mutter und hört ihre Stimme. Geh stets so an das heran, was Gott dir in seinem Wort sagen will – und diese Gesinnung soll dieser Brief unterstützen.

Die Entstehung der Bibel

Es ist nicht meine Absicht, die Richtigkeit der Bibel und ihrer Aussagen wissenschaftlich zu beweisen. Erstens kann ich das nicht, aber zweitens ist es wohl auch nicht nötig. Die Bibel ist das Wort, die Sprache Gottes und behandelt Dinge, die weit über das Fassungsvermögen menschlichen Denkens hinausgehen. Es gibt Aussagen der Bibel, sei es auf naturwissenschaftlichem oder geschichtlichem Gebiet, die lange Zeit von Wissenschaftlern belächelt wurden. Doch es sollte zu denken geben, daß nicht nur in Einzelfällen die Meinungen von Menschen durch neue Entdeckungen wieder verworfen werden mußten, die jeweiligen Aussagen der Bibel jedoch bestätigt wurden.

Du wirst auch die Erfahrung machen, daß man, je länger man die Bibel liest und kennt, desto weniger dazu geneigt ist, ihre Aussagen zu bezweifeln. Die Wahrheit Gottes offenbart sich dem Herzen des Menschen.

Als wiedergeborene Christen sollten wir uns aber auf keinen Fall in Streit über das Wort Gottes einlassen, sondern uns einfach klarmachen:

- Gott hat Menschen dazu benutzt, uns in der Bibel *eine Botschaft* zu übermitteln.
- Er gebrauchte dazu die Schreiber der Bibelbücher mit *ihrem Denken* und *ihrer Sprache,* indem Er dafür sorgte, daß unter Erhaltung ihres persönlichen Stils doch *genau die Worte* niedergeschrieben wurden, *die Er wollte.* Das tat Gott, der Heilige Geist.
- Gott sorgte dafür, daß alles, was in der Bibel steht,

Wahrheit ist. Diese Tatsache festzuhalten ist äußerst wichtig; wir werden uns damit noch beschäftigen.

- Gott wachte darüber, daß von den vielen christlichen Schriften, die zu gleicher Zeit geschrieben wurden, nur die in den Kanon (= Schriften, die zur Bibel gerechnet werden) aufgenommen wurden, die *wirklich das von Gott gegebene Wort* sind. Er sorgte dafür, daß die Gläubigen in der frühen Christenheit unter Gebet die Einsicht gewannen, welche Schriften zur Bibel gehören.
- Gott achtete auch sorgfältig darauf, daß die Schriften *vollständig erhalten blieben.* Man ist heute aufgrund des Vergleichs der zahlreichen aufgefundenen Handschriften zu der Auffassung gekommen, daß der Wortlaut der Bibel im wesentlichen bestätigt ist. Wenn an einzelnen Textstellen nennenswerte unterschiedliche Überlieferungen existieren, geht es doch niemals um grundsätzliche Aussagen.

Für Christen, die mit einem Gott rechnen, der solche, die an Ihn glauben, nicht im Dunkeln umhertappen läßt, ist es klar, daß dieser Gott auch Wege und Mittel fand, seine Botschaft unverfälscht zu uns kommen zu lassen. Der göttliche Ursprung der Bibel ist dem gläubigen, geübten Leser nicht mehr nur eine vage Hoffnung und Annahme, sondern eine persönliche Überzeugung und Gewißheit, für die er ausreichend Beweise hat:

1. Die Einheit der Bibel – trotz der vielen Autoren, die zu ganz verschiedenen Zeiten und unter völlig unterschiedlichen kulturellen Verhältnissen lebten.
2. Die Aktualität der Bibel. – Die Bücher der Welt sind nach wenigen Jahren überholt, ja, manchmal sogar so falsch in ihren Aussagen, daß man sie völlig der Vergessenheit preisgibt. Die Aussagen der Bibel er-

weisen sich jedoch auch heute noch als absolut wahr. Besonders was die moralischen und ethischen Grundsätze betrifft, spürt man heute ganz deutlich, daß das Abweichen davon die Menschheit in immer größere Probleme hineinbringt.

3. Die Zuverlässigkeit ihrer Voraussagen. – Wer die Welt- und Menschheitsgeschichte aufmerksam verfolgt und dabei mit der Bibel vergleicht, ist beeindruckt, wie Gottes Wort eigentlich alles schon so vorausgesagt hat. Denk nur an Gottes Worte, die das Volk Israel betreffen. Und zur Zeit beschäftigt man sich ganz intensiv mit dem Thema „Frieden und Sicherheit", auch das ist vorhergesagt:

„Wenn sie sagen: Friede und Sicherheit! dann kommt ein plötzliches Verderben über sie ..."
1. Thessalonicher 5,3.

Lies die Bibel mit Fleiß und unter Gebet – du wirst in deinem Herzen die Zuverlässigkeit des Wortes Gottes immer wieder neu spüren.

Der Autor und die Autoren der Bibel

Wir haben festgestellt: die Bibel ist eine Botschaft Gottes an den Menschen. Also ist Gott der eigentliche Autor. Durch den Heiligen Geist ließ Er die Männer genau das schreiben, was Er mitteilen wollte. Da Gott uns eine zuverlässige Botschaft geben wollte, kam es Ihm wirklich auf jedes Wort an. Der Heilige Geist gab den Autoren jedes Wort, welches sie schreiben sollten.

„Heilige Männer Gottes redeten, getrieben vom Heiligen Geiste." *2. Petrus 1,21.*

„Alle Schrift ist von Gott eingegeben und nütze zur Lehre ..." *2. Timotheus 3,16.*

„... welche wir auch verkündigen, nicht in Worten, gelehrt durch menschliche Weisheit, sondern in Wor-

ten, gelehrt durch den Geist, mitteilend geistliche Dinge durch geistliche Mittel.“ *1. Korinther 2,13.*

Man nennt diese Eingebung auch „Verbalinspiration“ (Wort-Einhauchung). Der Ungläubige lächelt darüber, und auch viele Christen meinen, das nicht akzeptieren zu können.

Ich will versuchen, es an einem Beispiel zu veranschaulichen, das ich gerade heute gelesen habe: Ein Autofahrer fragte jemanden: „Ist das hier die Straße nach G.?“ Der Gefragte antwortete: „Ja, und kennen Sie auch den Weg zum Himmel?“ Wenig später wurde der Autofahrer in einen Unfall verwickelt, nach dem ihm nur noch wenige Stunden Lebenszeit blieben. Doch diese Frage hatte ihn aufgerüttelt und war der Anlaß dafür, daß er in letzter Stunde Vergebung seiner Sünden fand. – Der Christ hatte diese Frage gestellt, ohne zu ahnen, daß Gott genau diese Worte an den Mann richten wollte. Wer hat sie ausgesprochen? Ein Mensch, mit seinen Empfindungen, seinem Denken, in seiner Sprache, wie ihm gerade zumute war, doch es war eine Botschaft aus Gottes Mund in letzter Minute.

Gott hat viele Menschen benutzt, um sein Wort niederzuschreiben. Sie waren von verschiedener Nationalität, unterschiedlicher Stellung und Bildung, hatten jeder seinen eigenen Schreibstil. Und doch fügte Gott es zu einer wunderbaren Einheit zusammen.

Über die Autoren hat man schon viel gestritten. Man sagt, daß die Bücher Mose nicht von Mose geschrieben sein könnten, weil sein Tod darin beschrieben ist. Man redet von elohistischen und jahwistischen Schreibern, weil die Namen, die für Gott benutzt werden, wechseln. Man meint, der Schreibstil ändere sich im zweiten Teil des Buches Jesaja, deshalb gäbe es einen ‚zweiten Jesaja‘ usw.

Nun ist es sicher interessant, über die Autoren nachzudenken, weil es uns auch beim Verständnis des Wortes helfen kann. Doch das muß immer in Ehrerbietung diesem göttlichen Wort gegenüber geschehen. Bei den genannten Beispielen besteht jedoch die Gefahr, daß die Bedeutung und Autorität des Wortes herabgewürdigt und der Leser verunsichert wird. Deshalb ist es auch hier wichtig, die Stimmen zu unterscheiden.

Wir wollen Gott danken, daß Er sich zu allen Zeiten Männer zubereitet und so befähigt hat, die Heilige Schrift aufzuzeichnen. Wenn wir im Licht des Neuen Testaments die Bedeutung des Alten Testaments erkennen, wird uns das besonders groß.

Der Herr Jesus hat selbst sehr oft Schriftstellen aus dem Alten Testament zitiert und bezeugt, daß alles erfüllt werden müsse, was über Ihn geschrieben steht. Das ist erstaunlich, wenn wir bedenken, daß Gott schwachen Menschen Worte zum Niederschreiben gab, die seinen eigenen Sohn betrafen. Unmöglich kann bei diesen Prophezeiungen an der göttlichen Autorschaft gezweifelt werden. Z.B.

„Die Strafe zu unserem Frieden lag auf ihm, und durch seine Striemen ist uns Heilung geworden."

Jesaja 53,5.

Das Alte Testament

Manche meinen, das Alte Testament sei nur für die Juden, das Volk Israel, geschrieben und habe für uns Christen keine besondere Bedeutung mehr. Das ist ein ganz großer Irrtum, denn die *ganze* Bibel ist das Wort Gottes. Durch das Alte Testament gibt Gott auch uns eine Botschaft. Ohne sie könnten wir das Neue Testament nicht gut verstehen. Um das zu erklären, muß ich hier etwas Geschichte einstreuen. Einer der nächsten Briefe wird sich dann ganz mit der biblischen Geschichte befassen, hier nur einige notwendige Hinweise:

Im Altertum (hier meine ich die ersten Jahrtausende, nachdem Gott den Menschen geschaffen hatte) beschäftigte sich Gott vorwiegend mit einzelnen Personen, die an Ihn glaubten (ja, tatsächlich, das war schon damals selten!). Da waren Adam, Henoch und Noah, um nur die wichtigsten Namen aus der ältesten Zeit zu nennen. Diese Menschen hatten noch keine schriftliche Botschaft Gottes, sondern bezogen ihre Informationen aus ihrem direkten und persönlichen Kontakt zu Gott.

Mit Abraham, Isaak und Jakob begann Gott, sich ein Volk aus den Völkern auszuwählen, dem Er seine besondere Güte zuwenden wollte. Inmitten dieses Volkes wollte Gott wohnen, und es sollte nach seinen Gedanken leben. Das Volk sagte: *„Alles, was Jehova sagt, wollen wir tun.“* Damit sie es „schwarz auf weiß“ hätten, schrieb Gott die Gebote auf Steintafeln und übergab sie Mose. Das und noch vieles andere, was Gott sagte, nennt man das Gesetz, es steht in den Büchern Mose. Mose schrieb aber noch mehr auf. Da er in Ägypten eine fundierte Ausbildung erhalten hatte, konnte er alles, was durch seine Väter übermittelt war, ob schriftlich (auf Tafeln) oder mündlich, unter der Leitung Gottes zusammengefaßt aufschreiben.

Die Geschichte des Volkes Israel wurde in ihrem weiteren Verlauf von verschiedenen Schreibern aufgezeichnet. Dazu kamen noch die Lieder, Gedichte und andere Werke, wie z.B. von David und Salomo. Und später, als sie immer weiter von Gott abwichen, redeten und schrieben die Propheten auf, was Gott dem Volk als Warnung oder Voraussage des Gerichts sagen ließ.

In den letzten vier Jahrhunderten vor dem christlichen Zeitalter schließlich gab es keine Botschaft Gottes mehr, es war eine Zeit des Schweigens. Die Chance, durch Erfüllung der Gebote Gottes mit Gott in Verbindung zu bleiben, hatte das Volk Israel nicht genutzt, es war dazu nicht fähig; und darin stand es stellvertretend für die ganze Menschheit. Gott mußte einen ganz anderen Weg vorbereiten.

Nun könnte man sagen, alles schön und gut, die Menschen von damals leben nicht mehr, die Botschaft Gottes ist verhallt – was soll uns da das Alte Testament? Leider gibt es Theologen, die das Alte Testament nur unter geschichtlichen Gesichtspunkten betrachten. Doch das Wort Gottes selbst spricht an verschiedenen Stellen über die bleibende Aussagekraft des Alten Testaments und macht deutlich, worin diese besteht:

„Alle diese Dinge aber widerfuhren jenen als Vorbilder und sind geschrieben worden zu unserer Ermahnung.“ *1. Korinther 10,11.*

Durch alle Schriften des Alten Testaments will Gott uns etwas von seinen Gedanken (besonders über seinen Sohn) mitteilen. Da diese Gedanken nicht gleich auf der Oberfläche zu sehen sind, macht es natürlich etwas Mühe, sie zu ergründen. Doch jeder Wiedergeborene besitzt ein gereinigtes Herz und einen gereinigten Verstand, den wir mit der Hilfe des Heiligen Geistes dafür anstrengen können. Dem Ungläubigen aber bleibt das weitgehend verborgen.

„Und von Moses und von allen Propheten anfangend, erklärte er ihnen in allen Schriften das, was ihn betraf.“ *Lukas 24,27.*

Das Neue Testament

Die Bücher des neuen Testaments kann man in drei Gruppen gliedern:

– die erzählenden Bücher (die vier Evangelien und die Apostelgeschichte)

– die Briefe (die meisten wurden von Paulus geschrieben)

– die Offenbarung des Johannes.

Die vier Evangelien sind nicht etwa nur vier mehr oder weniger gleiche Erzählungen über das Leben des Herrn Jesus. Der Heilige Geist hat an Herkunft, Eigenart und Beruf dieser Männer angeknüpft, um die Herrlichkeit des Sohnes Gottes als Mensch von verschiedenen Seiten darzustellen (mehr dazu in einem späteren Brief). Nur so ist es uns möglich, etwas von seiner Person zu begreifen.

Die Apostelgeschichte beschreibt die erste Zeit des Christentums und besonders das Leben des Apostels Paulus. Sie gibt uns wichtige Hinweise für das praktische Leben als Christen.

Die Briefe sind an einzelne Personen oder Versammlungen/Gemeinden gerichtet. Sie haben meist einen besonderen Anlaß, oft ist es ein negativer (auch die Christen damals besaßen noch die „alte Natur"). Aus diesen Briefen lernen wir den ganzen Inhalt der christlichen Lehre. Insbesondere dem Apostel Paulus wurden direkte Offenbarungen durch den Heiligen Geist gegeben, z.B. daß alle wiedergeborenen Christen *ein* Leib sind, dessen Haupt der Herr Jesus im Himmel ist.

Die Offenbarung des Johannes ist das letzte Buch, auch historisch das letzte. Es wird manchmal das Buch „mit den sieben Siegeln" genannt, nicht nur, weil sieben Siegel darin vorkommen, sondern weil es höchste Anforderungen an das geistliche Verständnis stellt und deshalb von nicht vielen verstanden wird. Ich will durchaus nicht sagen, ich hätte es schon in seiner vollen Bedeutung verstanden. Doch es ist lohnend, sich damit zu befassen, denn es gibt weite Blicke in die zukünftige Zeit. Vieles, was darin gesagt wird, ist schon geschehen, doch noch Größeres steht vor uns!

Bibelübersetzungen

In aller Kürze ein Wort zu Bibelübersetzungen. Es wäre hier nicht möglich, alle Übersetzungen zu besprechen! Das Alte Testament ist größtenteils in Hebräisch geschrieben, das Neue in Griechisch. Viele haben sich darangemacht, die Bibel ins Deutsche zu übersetzen.

Die ersten Bibelteile in deutscher Sprache entstanden durch Übersetzungen aus dem Lateinischen, weil die lateinische Bibel (Vulgata) in der katholischen Kirche damals ausschließlich benutzt wurde.

Martin Luther verwendete als erster den in hebräischer (Altes Testament) und griechischer Sprache (Neues Testament) geschriebenen Grundtext. Seine Übersetzung findet man heute in verschiedenen Überarbeitungen, sie ist auch im deutschsprachigen Raum die am meisten gebrauchte.

Die Absicht, Gottes Botschaft im heutigen Sprachgebrauch zu verbreiten, führte auch zu „modernen" Übersetzungen. Man muß dabei aber bedenken, daß jede freie Übersetzung die Gefahr von Ungenauigkeiten mit sich bringt und zum Teil sogar grundsätzliche Aussagen entstellt werden können.

Für eine intensive Beschäftigung mit der Lehre der Bibel sollte man deshalb Übersetzungen auswählen, die sich eine möglichst wortgetreue Wiedergabe des Originaltextes zum Ziel gesetzt haben. Hier ist z.B. die „Elberfelder Übersetzung" zu nennen, die von Fachleuten als eine dem Grundtext weitgehend entsprechende Übersetzung anerkannt wird. Bei der Benutzung solcher Übersetzungen muß man allerdings den z.T. komplizierten Satzbau und ungewohnte Wortwahl zugunsten der Genauigkeit akzeptieren.

Wie lese ich die Bibel?

Hier ein paar Hinweise, wie man die Bibel am besten liest. Zuerst einige wichtige Hinweise im Telegrammstil, die man sich gut merken kann: *regelmäßig* lesen, *fortlaufend* lesen, *sorgfältig* lesen, *in Verbindung mit Gebet* lesen. Dazu einige ergänzende Anmerkungen:

Das *regelmäßige Lesen* hat einen großen Wert. Es ist wie eine regelmäßige Mahlzeit, die uns die Kraft für einen vor uns liegenden Zeitabschnitt gibt. Als eine „gute Gewohnheit" gibt es uns selbst eine Kontrollmöglichkeit, denn du wirst bestimmt schon gemerkt haben, wieviel Kräfte es gibt, die uns vom Lesen des Wortes abbringen wollen. – Ob du das nun morgens, abends – oder morgens *und* abends – oder zu anderen Zeitpunkten tust, das hängt ganz von deinen persönlichen, familiären und beruflichen Umständen ab. Teile es so ein, wie es für dich am besten paßt. Es darf nie eine unangenehme Pflicht daraus werden.

Das *fortlaufende Lesen* hat – besonders in der ersten Zeit – den Vorteil, daß man irgendwann doch mal die Bibel durchgelesen hat. Da die ganze Bibel Gottes Wort ist, sollten wir sie auch ganz lesen, auch wenn auf den ersten Blick das eine oder andere nicht so wichtig oder interessant erscheinen mag. Dabei ist es ganz praktikabel, abwechselnd Bücher des Neuen und des Alten Testaments zu lesen. Vorschlag:

Johannes-Evangelium, 1. Mose, Apostelgeschichte, 2. Mose, Römerbrief …

Beim ersten Mal kennzeichnet man durch einen kleinen Haken im Inhaltsverzeichnis, was man schon gelesen hat.

Sorgfältig lesen ist besonders wichtig, denn wir wollen ja keine Lesepflicht erledigen, sondern bei jedem Lesen etwas Wichtiges erfahren und dazulernen! Das sorgfältige Lesen kann man vielleicht in 3 Stufen einteilen:

1. Ohne Hilfsmittel, z.B. in der Bahn, beim Arzt usw.: Satz für Satz lesen und darüber nachdenken, was für mich persönlich wichtig ist, wo ich angesprochen werde, weil bei mir vielleicht etwas nicht in Ordnung ist (den Gedanken Gottes widerspricht), oder was mich erfreut und mir Kraft gibt.
2. Mit Bleistift oder farbigen Stiften, um etwas zu kennzeichnen. Das ist eine gute Hilfe, mehr und schneller aus der Bibel zu lernen. – Was kennzeichnen? Man kann Sätze oder Verse unterstreichen, die von grundsätzlicher Bedeutung zu sein scheinen, die für das tägliche Leben wichtig sind usw., oder auch das, was noch Fragen offenläßt (aber bitte keinen dicken Strich an die ganze Bibel!). Werden für verschiedene Gesichtspunkte verschiedene Farben benutzt, so erleichtert man sich das schnelle Wiederauffinden der Stellen.
3. Mit einem Arbeitsheft, in das systematisch hineingeschrieben wird, was man bearbeitet hat, wo Fragen vermerkt werden, um sie weiterzugeben usw. Das kann man dann schon fast „Bibelstudium“ nennen – und damit wird wirklich niemand in seinem Leben fertig, weil das Wort Gottes eine unerschöpfliche Wissensquelle bleibt. Es gibt auch Bücher, die Anleitungen zum Bibelstudium geben, hier kann das nur angedeutet werden.

Unter Gebet lesen; dazu soll hier nur soviel gesagt werden: Bitte den Herrn stets, daß Er sein Wort deinem Herzen und deinem Verstand öffnen möge. Ohne Ihn bleibt das Wort dem Menschen verschlossen.

Natürlich kann es auch Situationen geben, in denen

man die Bibel einfach mal aufschlägt, um eine Antwort, einen Trost oder neue Kraft von Gott zu holen. Damit sollte man jedoch vorsichtig umgehen, denn unser Gott ist kein „Dienstleistungsunternehmen", das wir nach Wunsch benutzen können oder nicht. Jemand, der sonst nicht viel vom Bibellesen hält (das gibt es leider auch unter Christen), darf nicht damit rechnen, daß Gott ihm auf diese Weise antwortet, wenn er gerade nicht weiterweiß. Doch auch da erweist sich die Geduld und Barmherzigkeit unseres Gottes oft noch groß.

Wie behandle ich die Bibel?

Zum Schluß noch ein paar praktische Hinweise. Wie behandle ich meine Bibel? Vielleicht sagst du: Meine Bibel hat einen Ehrenplatz in meinem Bücherschrank. Wenn ich am Abend zur Ruhe gekommen bin, mir sorgfältig die Hände gewaschen habe, dann nehme ich sie zur Hand, wobei ich aufmerksam darauf achte, daß kein Blatt geknickt wird und auch keine Seite schmutzig wird.

Nun, eins ist klar, die Bibel ist Gottes Wort, und wir sollten sie immer mit der notwendigen Sorgfalt behandeln. Aber auf der anderen Seite muß auch klar sein, daß das Papier, auf dem sie gedruckt ist, normales Papier bleibt und nur Mittel zum Zweck ist, damit wir die Worte eben lesbar in der Hand haben. Deshalb finde ich es viel besser, wenn sie z.B. auch in der Arbeitstasche ihren Platz hat, damit du sie in der Bahn, im Bus oder an der Haltestelle zur Hand nehmen kannst (manchmal entwickeln sich daraus auch ganz gute Kontakte zu anderen Menschen!) Natürlich werde ich versuchen, jedes Buch sauber zu halten, so, wie ich mir auch zum Essen die Hände wasche – doch wer ist schon verhungert, weil er sich nicht die Hände waschen und deshalb etwa das Brot nicht essen konnte? Genauso ist es mit der Bibel, die tägliche Nahrung für uns bereithält. In bestimmten

Situationen kann es das Wichtigste sein, sie eben zu lesen!

So schön also der Ehrenplatz im Bücherschrank ist, schöner und nützlicher ist es, wenn die Bibel sozusagen immer „am Mann" und griffbereit ist. In der Bildersprache der Bibel wird sie selbst als eine Waffe bezeichnet:

„Nehmet auch ... das Schwert des Geistes, welches Gottes Wort ist." *Epheser 6,17.*

Vielleicht bekommst du jetzt einen Schreck und sagst: Oh, ich bin aber für den Frieden, warum denn eine Waffe nehmen? – Wohl kein Buch auf Erden zeigt den Menschen den Weg zum Frieden so deutlich wie die Bibel – besonders, wie man Frieden mit Gott bekommen kann –, und doch ist der Weg eines Christen ein ständiger Kampf, für den er eine solche zweischneidige Waffe schon gut gebrauchen kann.

„Denn das Wort Gottes ist lebendig und wirksam und schärfer als jedes zweischneidige Schwert, und durchdringend bis zur Scheidung von Seele und Geist, ... ein Beurteiler der Gedanken und Gesinnungen des Herzens." *Hebräer 4,12.*

Solltest du jedoch die rettende Botschaft der Bibel noch nicht angenommen haben, dann zögere bitte nicht, deine Schuld vor Gott und den Weg der Rettung zu erkennen. Die Bibel hilft dir dabei:

„Die heiligen Schriften, die vermögend sind, dich weise zu machen zur Errettung durch den Glauben."
2. Timotheus 3,15.

Die Taufe

Eine wichtige Entscheidung, die dazu gehört

Lieber Bruder, liebe Schwester in Jesus Christus!

Ja, in dem Herrn Jesus sind wir als Geschwister miteinander verbunden. Jeder, der den Herrn Jesus als seinen Erretter kennengelernt hat, hat es bestimmt schon erfahren: ich bin innerlich mit solchen, die auch Kinder Gottes sind, enger verbunden als mit leiblichen Verwandten, die meinen Herrn ablehnen und nichts von Ihm wissen wollen. Wie kommt das?

Wir sind in die Familie Gottes hineingeboren (s. den ersten Brief) und durch das ewige Leben für immer (nicht nur für das Leben auf der Erde) miteinander verbunden. Wir haben das gleiche Ziel, gleiche Interessen, unsere Herzen sind von der gleichen Liebe zu unserem Erlöser erfüllt. Gibt es eine engere Verbindung?

„Geliebte, laßt uns einander lieben, denn die Liebe ist aus Gott … So sind auch wir schuldig, einander zu lieben." *1. Johannes 4,7.11.*

„Daran werden alle erkennen, daß ihr meine Jünger seid, wenn ihr Liebe untereinander habt."
Johannes 13,35.

Von dieser Liebe unter den Angehörigen der Familie Gottes, die bis in die Ewigkeit hineinreicht, versteht ein Ungläubiger nichts, weil es eine Sphäre betrifft, die er noch nie betreten hat. Aber in der Regel weiß er, daß sich Menschen durch die Taufe zu den Christen zählen. Deshalb will ich die Frage stellen:

Bist du schon getauft?

Wir wollen versuchen, alle mit dieser Frage zusammenhängenden Probleme in diesem Brief gemeinsam zu klären. Dabei soll unser Grundsatz wieder sein: Was sagt die Bibel dazu?

Vielleicht meinst du jetzt: „Ich wurde als Säugling getauft, das ist für mich ausreichend.“ Ich werde dir diese Meinung nicht mit Gewalt ausreden; denn wenn du deine Taufe so siehst, hat sie ihre Bedeutung, wie auch für alle Menschen, die bekennen, durch die Taufe mit Jesus Christus verbunden zu sein.

Ich möchte versuchen, das zuletzt Gesagte etwas näher zu erklären: Durch die Taufe verbindet man sich mit dem Herrn Jesus Christus, man wird sein Jünger und Nachfolger, erkennt Ihn als Herrn an, kurz, man wird ganz formell ein Christ. Nun bin ich aber der Meinung, daß das jeder Mensch nur ganz persönlich für sich selbst entscheiden kann, das bedeutet also, daß es eigentlich erst in einem Alter geschehen kann und sollte, in dem man sich dieses Schrittes auch bewußt ist. Also hat dann die Säuglingstaufe keine Bedeutung? Doch, denn jeder Mensch, der sich seiner Taufe bewußt ist, sie vielleicht sogar als gültig anerkennt, trägt eine große Verantwortung und wird, wenn er sich nicht zu Gott bekehrt und an den Herrn Jesus glaubt, dafür zur Rechenschaft gezogen werden. Denn die Menschen, die ohne Vergebung ihrer Sünden in die Ewigkeit gehen, werden ein gerechtes Gericht empfangen, bei dem sicher auch diese Tatsachen bezüglich des Strafmaßes eine Rolle spielen werden.

Was ist nun zu tun? Wenn du einmal getauft bist, wann und wie auch immer, und fest davon überzeugt bist, dich als erwachsener Mensch nicht „noch einmal“ taufen lassen zu können, so würde ich dich auch nicht dazu auffordern, denn die Bibel kennt keine „Wiedertaufe“. Solltest du aber beginnen zu verstehen, daß du im Sinne der folgenden Bearbeitung dieses Themas noch gar nicht getauft bist, so würde ich dir allerdings zurufen:

„Und nun, was zögerst du? Stehe auf, laß dich taufen!“ *Apostelgeschichte 22,16.*

Auf die Seite des Herrn Jesus!

Beim Lesen der verschiedenen Bibelstellen, die das Thema „Taufe“ behandeln, wirst du sicher bemerken, daß es hauptsächlich zwei unterschiedliche Betrachtungsweisen oder Bedeutungen der Taufe gibt. Bevor wir das im einzelnen besehen, seien sie hier beide genannt:

1. Die Taufe als öffentlicher Stellungswechsel eines vor Gott verantwortlichen Menschen auf der Erde: Weg von der sündigen Welt, hin auf die Seite des von dieser Welt verachteten Jesus.

2. Die Taufe als Schlußstrich unter das bisherige Leben, als Begräbnis durch die Verbindung mit dem Tod des Herrn Jesus, aber auch – in der Folge – der Beginn eines neuen Lebens in Verbindung mit seiner Auferstehung.

Zum ersten Punkt: Hier wird deutlich, daß es bei der Taufe stets um unsere Verantwortung auf der Erde und nicht um unsere Errettung für den Himmel geht. Dafür hat uns das Wort Gottes das wunderbare Beispiel des Räubers am Kreuz gegeben: Dieser hatte keine Gelegenheit mehr, getauft zu werden, aber der Herr Jesus sagte zu ihm: *„Heute wirst du mit mir im Paradiese sein.“* Ein anderes Beispiel sind die zwölf Jünger des Herrn, die Apostel. Von ihnen lesen wir nicht, daß sie getauft wurden, denn sie standen bereits *vor seinem Tode* auf seiner Seite. – Also nochmals: Weder wird man durch die Taufe für den Himmel gerettet, noch geht man ohne die Taufe verloren, sofern man Vergebung der Sünden und ewiges Leben hat.

Nun, so könnte man schlußfolgern, dann ist die Taufe also doch von untergeordneter Bedeutung. So redet man vielleicht, wenn man nur an sich selbst denkt: Hauptsache, ich bin gerettet, alles andere ist nicht wichtig. Wenn ein Christ solche Ansichten hat, dann setze ich hinter dieses Christsein lieber ein großes Fragezeichen. Kann jemand, der verstanden hat, daß Gott sein Liebstes, seinen eingeborenen Sohn, zu unserer Rettung vor dem ewigen Gericht gegeben hat, gleichgültig gegenüber dem sein, was der Wunsch und Wille des Herrn Jesus und auch Gottes ist? – Nein, niemals.

Daß die Taufe Menschen mit einer Person verbindet, erklärt uns der Apostel Paulus sogar anhand eines vorchristlichen Beispiels: *„... und alle auf Mose getauft wurden in der Wolke und in dem Meere."* Dieses Zitat aus 1. Korinther 10,2 berichtet aus der Geschichte Israels. Dieses Volk ging durch das Rote Meer und wurde dadurch auf Mose getauft, sie wurden mit Mose, ihrem Führer, verbunden.

Auch die Taufe des Johannes (des Täufers) hatte solch einen Charakter. Er verkündigte das kommende Reich und sammelte alle, die bereit waren, sich in Buße auf den Messias vorzubereiten.

Die christliche Taufe verbindet mit dem Herrn Jesus. Davon reden die Berichte der Apostelgeschichte über die Taufe der ersten Christen.

„... ein jeder von euch werde getauft auf den Namen Jesu Christi ..." *Apostelgeschichte 2,38.*

„Sie waren allein getauft auf den Namen des Herrn Jesus." *Apostelgeschichte 8,16.*

„Und er (Petrus) befahl, daß sie getauft würden in dem Namen des Herrn." *Apostelgeschichte 10,43.*

„Als sie es aber gehört hatten, wurden sie auf den Namen des Herrn Jesus getauft."

Apostelgeschichte 19,5.

Diese Bibelverse zeigen, daß die christliche Taufe

den Täufling mit dem Namen des Herrn Jesus (und dadurch mit Ihm selbst) in Verbindung bringt. Dabei müssen wir bedenken, daß der Herr Jesus damals schon der Verachtete war, wie Er es für die meisten Menschen auch heute noch ist. Dazu soll im nächsten Abschnitt noch einiges gesagt werden.

Auf welcher Seite stehst du?

Als Gott seinen Sohn, den Herrn Jesus Christus, in diese Welt sandte, lehnte die Welt ihn ab:

„Er kam in das Seinige, und die Seinigen nahmen ihn nicht an.“ *Johannes 1, 11.*

Die Seinigen, das waren in erster Linie die Leute aus dem Volk Israel, doch stand dieses Volk darin stellvertretend für alle Menschen. Sie haben Ihn gekreuzigt. Welch schreckliche Schuld und Sünde liegt seitdem auf der Menschheit: Den Sohn Gottes hat man getötet. Und bis heute ist die Menschheit durch diese Sünde der Ablehnung, des Unglaubens und Ungehorsams gekennzeichnet. Die Welt hat sich als ein Bereich der Gottesfeindschaft erwiesen. Diesen Jesus verachtet man auch heute noch, man lehnt Ihn ab, ja, verspottet Ihn.

Was habe ich, was hast du damit zu tun? Nun, vor deiner Bekehrung gehörtest du zu dieser gottfeindlichen Welt. Vielleicht warst du nicht unmittelbar an der aktiven Feindschaft beteiligt, doch was deine Stellung vor Gott betrifft, warst du völlig damit eins und somit, wie die Welt, dem Gericht verfallen. – Mit deiner Bekehrung hat sich einiges geändert. Du hast Vergebung deiner Sünden, durch die neue Geburt bist du ein Kind Gottes geworden, du bist errettet für die Ewigkeit. Und doch ist es nötig, sich ganz offiziell, sozusagen „standesamtlich“, von der Welt zu trennen und auf die Seite des von der Welt verachteten Jesus zu treten! Dazu wurde uns die Taufe gegeben. Einige Schriftstellen nennen diesen

Übertritt sogar Errettung, was aber nicht mit der Errettung für die Ewigkeit verwechselt werden darf.

„Laßt euch retten von diesem verkehrten Geschlecht! Die nun sein Wort aufnahmen, wurden getauft.“ *Apostelgeschichte 2,40.41.*

Du weißt sicher, daß wir in bezug auf die Errettung für die Ewigkeit von unseren eigenen Sünden und nicht von anderen Menschen gerettet werden müssen. Hier waren Menschen, die vielleicht mit an der Kreuzigung des Herrn Jesus beteiligt waren. Sie hatten schon in Reue gefragt: Was sollen wir tun? (V. 28). Es war erforderlich, sich zu gleicher Zeit auch von dem Volk zu trennen, das seinen Messias gekreuzigt hatte. Deshalb wurden sie getauft. Das war die erste christliche Taufe. Sie belehrt uns über einige grundsätzliche Fragen.

Durch die Taufe trennst du dich also bewußt von der Welt, die den Herrn Jesus verwirft. Doch diese Trennung hat nicht nur eine negative Seite:

„Und es wurden an jenem Tage hinzugetan bei dreitausend Seelen.“ *Apostelgeschichte 2,41.*

Einige andere Stellen erklären, was dieses Hinzutun bedeutet:

„Aber um so mehr Gläubige wurden dem Herrn hinzugetan.“ *Apostelgeschichte 5,14.*

„Eine zahlreiche Menge wurde dem Herrn hinzugetan.“ *Apostelgeschichte 11,24.*

Was bedeutet das? Auf der Seite der Welt befandest du dich im Macht- und Wirkungsbereich Satans. Jetzt betrittst du den Herrschaftsbereich des Herrn Jesus. Die Taufe wird dir bewußt machen, daß sich auch für dein Verhältnis zur Welt einiges entscheidend verändern muß. Für unseren praktischen Weg als Menschen auf dieser Erde haben wir jetzt einen Herrn im Himmel, unter dessen Autorität wir uns bewußt stellen.

Wird aus diesen Erwägungen klar, daß nach der Bekehrung und der Vergebung der Sünden dein Leben nicht einfach so weitergehen kann wie bisher? Wenn du dich bekehrt hast, so wirst du dich auch offiziell und mit allen Konsequenzen durch die Taufe von der Welt trennen und auf die Seite des Herrn Jesus stellen.

Mit Christus gestorben ...

Wir kommen jetzt auf den zweiten, nicht weniger wichtigen Punkt in bezug auf die Bedeutung der Taufe zu sprechen, und dafür finden wir besonders bei dem Apostel Paulus wichtige Hinweise. Ganz deutlich sagt es uns Römer 6:

„Oder wisset ihr nicht, daß wir, so viele auf Christus Jesus getauft worden, auf seinen Tod getauft worden sind? So sind wir nun mit ihm begraben worden durch die Taufe auf den Tod ...“

Römer 6,3.4.

Das Wasser der Taufe ist also ein Bild des Todes, in dem unser ganzes bisheriges Leben verschwindet. Der Herr Jesus Christus ist für uns gestorben, obwohl wir eigentlich selbst wegen unserer Sünden hätten sterben und für ewig verlorengehen müssen. Deshalb sieht Gott uns wirklich als Gestorbene an, und wir sollten das in bezug auf die Sünde und auf die Welt gleichfalls tun.

... und begraben

Für einen Toten, der begraben wird, gibt es kein Zurück mehr. Solange er noch nicht im Grab liegt, können seine Angehörigen ihn noch betrachten, ja, die Trennung erscheint ihnen noch ganz unwirklich. Aber das Grab besiegelt das Ende des irdischen Lebens endgültig. Gott will uns durch die Taufe ganz von unserem alten, sündigen Leben trennen, endgültig, es gibt kein Zurück.

Doch so wie Christus nicht im Tod geblieben ist, bleiben es die an Ihn Glaubenden auch nicht. Er ist auferstanden. So wie wir mit Ihm bezüglich des Todes verbunden sind, sind wir es auch in der Auferstehung.

„... mit ihm begraben in der Taufe, in welcher ihr auch mitauferweckt worden seid durch den Glauben an die wirksame Kraft Gottes ...“ Kolosser 2,12.

... und auferweckt

Diese Tatsachen werden in der Taufhandlung ganz deutlich. Nicht, daß wir durch die Taufe andere oder sogar bessere Menschen werden, doch Gott sieht uns jetzt auf einem ganz neuen Weg. Und wir dürfen diese einmalige und einprägsame Taufhandlung als den Anfang dieses neuen Weges bewußt erleben.

Und nach der Taufe? Das Wort Gottes belehrt uns, daß diese Tatsachen (gestorben, begraben, auferweckt) eine ständige Wirklichkeit bei uns sein sollen. Wir sollten uns auch stets bewußt sein: Selbst unsere ungläubige Umgebung weiß, was man von einem Christen erwarten kann.

„Wenn ihr nun mit dem Christus auferweckt worden seid, so suchet was droben ist, wo der Christus ist, sitzend zur Rechten Gottes.“ Kolosser 3,1.

„So sind wir nun mit ihm begraben worden durch die Taufe auf den Tod, auf daß, gleichwie Christus aus den Toten auferweckt worden ist, ... also auch wir in Neuheit des Lebens wandeln.“ Römer 6,4.

„Denn so viele euer auf Christus getauft worden sind, ihr habt Christus angezogen.“ Galater 3,27.

Diese Stellen belehren uns, daß die Taufe als ein offizieller Beginn eines neuen Lebens aufzufassen ist: ein Leben abgesondert von der Sünde und dem Bösen, ein Leben nach dem Vorbild des Herrn Jesus (das bedeutet „Christus anziehen“), das auch unsere Umgebung wahrnimmt.

Du sagst: „Das schaffe ich nie!“ Aus eigener Kraft

können wir das auch nicht. Es geht nur zusammen mit Ihm, unserem Herrn.

Taufe – aktiv oder passiv?

Vielleicht ist auch bei dir einmal die Frage aufgekommen: Wer ist dafür verantwortlich, daß ich getauft werde? Bin ich es selbst, oder haben andere darauf zu achten? Diese Frage ist nämlich gar nicht so abwegig, denn es gibt Bibelstellen, aus denen man beides ableiten könnte:

„Was hindert mich, getauft zu werden?", sagte der Kämmerer in Apostelgeschichte 8,36, als er durch die Erklärungen des Evangelisten Philippus verstanden hatte, worum es geht.

„Und nun, was zögerst du? Stehe auf, laß dich taufen ...", sagte Ananias zu Saulus (später Paulus) in Apostelgeschichte 22,16.

„Gehet nun hin und machet alle Nationen zu Jüngern, und taufet sie ...", sagte der Herr Jesus kurz vor seiner Himmelfahrt zu den Aposteln in Matthäus 28,19.

In diesen Bibelstellen finden wir also eine Aufforderung an den Täufling, seinen eigenen Wunsch, aber auch eine Aufforderung an die, die taufen sollten. Beides ist an seinem Platz von Bedeutung, sowohl damals als auch heute.

Wenn ein Mensch mitten aus dieser Welt ohne Gott bekehrt wird, so ist er in der Regel bemüht, so schnell wie möglich Kenntnis von den vielen neuen Dingen zu erlangen, mit denen er nun in Verbindung gebracht worden ist. Dabei stößt er auch bald auf die Taufe, meistens weiß man sogar vorher schon davon, es ist ja auch ein Stückchen Allgemeinbildung. Da er in der Bibel liest, daß sich die Menschen taufen ließen und dann als Christen ihren Weg gingen, sollte wohl auch bald der

Wunsch auftauchen, das selbst zu erleben. Falls von den anderen Christen dazu noch keine Aufforderung erfolgte, dann sollte man sich wirklich darum bemühen, wie es der Kämmerer in der ersten angeführten Stelle tat.

Mitunter kann es aber sein, daß jemand sehr ängstlich und zögernd ist. Vielleicht hält man sich noch nicht für gut genug, um getauft zu werden. Erst müßte man noch etwas besser, etwas „christlicher" werden. Sicher ist es gut und richtig, daß man nach der Bekehrung den Wunsch hat, nun auch so zu leben, wie es dem Retter, Jesus Christus, gefällt. Es muß sich ganz sicher im Leben einiges ändern. Aber gerade das soll ja in der Taufe gesagt werden: *„in Neuheit des Lebens wandeln!" (Römer 6,4).* In dieser Hinsicht ist die Taufe gewissermaßen eine öffentliche Absichtserklärung, aber auch Verpflichtung. Wenn wir als Christen bei einem Jungbekehrten ein solches Zögern feststellen, dann ist es gut, so zu fragen und aufzufordern, wie es bei Saulus geschehen ist; denn aus allen Schriftstellen über die Taufe geht klar hervor, daß es für gläubig gewordene Menschen selbstverständlich war, getauft zu werden.

Und drittens erteilte der Herr Jesus den Aposteln einen Missionsauftrag, der auch heute noch gilt. Christen haben die Verantwortung, *allen* Menschen die frohe Botschaft zu verkündigen, daß sie errettet und Jünger des Herrn Jesus werden können. Und dazu gehört dann auch, daß solche, die diese Botschaft angenommen haben, getauft werden. Ganz wichtig dabei ist aber, daß dieser Dienst mit dem Taufen nicht aufhören darf. Leider geschah das vielfach bei der „Christianisierung" der Welt. Die Leute wurden getauft, oftmals gegen ihren Willen, Hauptsache, man konnte die „Christen" nach Tausenden abrechnen. – Nein, auch wenn die Taufe eine aktive Seite hat, so zeigt uns die Bibel doch, daß es auch immer der Wunsch und Wille der Täuflinge war. Und nach der Taufe beginnt das Christenleben erst richtig: *„... und lehret sie, alles zu bewahren, was ich euch geboten habe“ (Matthäus 28,20).* Ein weitreichender Auftrag für jeden Christen!

Wenn es also nötig ist, so zögere nicht, besonders dann nicht, wenn dich Christen auf die Notwendigkeit der Taufe aufmerksam machen!

Taufe und Gemeinde

Nun könntest du vielleicht noch folgendes Problem haben: „Ich möchte ja gern getauft werden, aber ich weiß noch nicht, von welcher Gemeinde. Die vielen verschiedenen Glaubensrichtungen verwirren mich, und ich weiß noch nicht, wo ich mich anschließen werde.“

Dazu will ich dir ganz offen etwas sagen: Es ist wirklich schade, daß die Christen so zertrennt sind. Selbst solche, die sich von den großen kirchlichen Systemen gelöst haben, werden sich nicht einig. Darüber kann man nur traurig sein. Einige Christen versuchen, den zerbrochenen Kristall mit menschlichem Eifer wieder zusammenzusetzen. Doch das ist nicht der Weg, den Gott zeigt. Es ist ein Grundsatz bei Gott, den du durch die ganze Bibel verfolgen kannst: Nach gemeinsamer Untreue führt der Weg zurück nur über die Trennung von dem Bösen und die persönliche Treue (vgl. z.B. die Haltung Daniels in Daniel 9). Vielleicht später mehr zu dieser Problematik.

Doch die Taufe hat nichts mit der Zersplitterung christlicher Gemeinden zu tun. Viele denken so: Die Taufe in der katholischen Kirche macht die Menschen zu Katholiken, in der evangelischen Kirche zu evangelischen Kirchenmitgliedern. Nein, davon liest du nichts in der Bibel. Ganz im Gegenteil, lies einmal 1. Korinther 1,12.13, oder auch die Bibelstellen dieses Briefes, die davon reden, daß wir *mit dem Herrn Jesus in*

Verbindung gebracht werden. Deshalb ist eine Taufe durch eine Kirche oder Gemeinde, die dadurch Menschen als Mitglieder einer Glaubensrichtung vereinnahmt, ganz gewiß nicht nach den Gedanken Gottes. Taufen sollten Christen, die dem Taufauftrag des Herrn Jesus entsprechend handeln und allein zu *seinen* Jüngern machen möchten. Du wirst durch die Taufe aus der verkehrten Welt herausgenommen und in die Atmosphäre des Herrn Jesus und unter seine Autorität (oder in sein Reich) gebracht.

In der ersten Zeit war dieser Bereich noch identisch mit der Versammlung oder Gemeinde (beide Wörter haben den gleichen Sinn). Deshalb liest man in der Apostelgeschichte 2, 47:

„Der Herr aber tat täglich zu der Versammlung hinzu, die gerettet werden sollten."

Dort war die Versammlung nicht eine spezielle Glaubens- oder Bekenntnisrichtung, sondern es gab nur diesen einzigen Platz, wo sich Christen befanden. Heute ist das ganz anders, und doch auch ganz genauso. In den Augen unseres Herrn gibt es auf der Erde nur eine Versammlung – zu ihr gehören alle wiedergeborenen Menschen, die für die Ewigkeit gerettet sind. Das äußere Erscheinungsbild aber ist so, wie wir es schon mit Bedauern festgestellt haben. Der Herr Jesus kann die Zersplitterung nicht anerkennen – Er sieht uns so, wie wir es im Himmel sein werden – eins in Ihm.

Ich hoffe, daß du diesen kurzen Erklärungen entnehmen kannst, daß es darauf ankommt, durch die Taufe mit Ihm in praktische Verbindung zu kommen, damit Gott dich, wenn Er auf diese Erde blickt, auf der richtigen Seite sieht.

Diese Ausführungen sollen nun aber nicht bedeuten, daß es generell ganz egal ist, wo und in welcher Kirche und Gemeinde ich mich dann aufhalte. Damit werden wir uns in einem späteren Brief befassen. Hier sei nur soviel gesagt, daß es im gemeinsamen Bekenntnis auf den gemeinsamen Gehorsam gegenüber Gottes Wort ankommt, während die Taufe eine ganz persönliche Sache ist.

Einiges zur Taufpraxis

Wir kommen nun noch zu einigen praktischen Fragen, welche die Durchführung der Taufe betreffen. Mancher ist vielleicht schon getauft, aber er ist unsicher, ob denn auch alles „richtig" gemacht wurde bei seiner Taufe, ja, ob die Taufe auch wirklich „gültig" ist.

Bei solcher Fragestellung kommen wir nicht umhin, nochmals Grundsätzliches über die Taufe anzuführen: Die Taufe ist kein Sakrament in dem Sinne, daß sie eine heilsvermittelnde Wirkung hätte. Sie ist sehr wohl eine wichtige Handlung für meine Stellung auf der Erde, in der Gott mich sieht und nach der die Menschen mich einordnen. Die „Gültigkeit" hängt jedoch nicht von der Einhaltung äußerer Formen, sondern vielmehr von der Tatsache der Ausführung an sich und meiner eigenen Gewissensüberzeugung darüber ab. Das sollte auf der anderen Seite aber auch nicht zu Praktiken führen, die die Bibel ganz und gar nicht kennt. Z.B. lesen wir mehrfach, daß Täuflinge völlig im Wasser untergetaucht wurden – ein Befeuchten mit einem Finger aber erinnert m.E. kaum noch daran.

„Als sie aber aus dem Wasser heraufstiegen …"
Apostelgeschichte 8,39.

Die Taufformel: In der Regel wird beim Taufvorgang etwas gesagt wie: „Ich taufe dich …" Dafür finden wir in der Schrift keine eindeutigen Hinweise. Wir lesen, daß die Jünger hingehen sollten, um im Namen des Vaters, des Sohnes und des Heiligen Geistes zu taufen. Wir finden auch, daß einige auf den Namen des Herrn Jesus oder auf seinen Tod getauft wurden. Es ist sicher eine gute Handhabung, die biblische Ausdrucksweise anläßlich einer Taufe zu benutzen. Die Gültigkeit der Taufe hängt jedoch nicht von der Einhaltung einer bestimmten „Taufformel“ ab. Der Charakter einer christlichen Taufe muß dabei jedoch deutlich werden.

Der Ort der Taufe: Auch hier gilt der gleiche Grundsatz: Der Ort ist nicht entscheidend, sondern die Sache. In der Bibel finden wir da glücklicherweise auch verschiedene Handhabungen. Ich kann es mir schlecht vorstellen, daß der Kerkermeister zu Philippi (Apostelgeschichte 16) mitten in der Nacht irgendwo im Freien getauft wurde. Den gleichen Eindruck hat man, wenn man die Erzählung in Apostelgeschichte 10 liest. Einige andere Taufen fanden sicher im Freien statt, wie eben bei dem Kämmerer in Kapitel 8. Es scheint, daß die Situation immer so genutzt wurde, wie sie gerade vorlag. Viele meinen, das öffentliche Zeugnis vor der Welt wäre ein Grund für das Taufen im Freien. Tatsächlich ist es eine gute Sache, wenn es sich so einrichten läßt. Doch ist das persönliche Zeugnis *nach* der Taufe für die Welt weit wichtiger. Wenn man unter diesem Gesichtspunkt die schon erwähnten biblischen Taufhandlungen betrachtet, findet man, daß die Öffentlichkeit der Handlung nicht unbedingt im Vordergrund steht. Das ist eigentlich auch verständlich, wenn wir uns nochmals an die beiden wichtigsten Bedeutungen der Taufe erinnern: den Stellungswechsel auf dieser Erde, auf den *Gott* großen Wert legt, und den Beginn eines neuen Lebens, nun der Welt mit Christus gestorben. Die Welt wird diese Veränderung bemerken.

Der Täufer: Man kann beobachten, daß Täuflinge von einem Christen getauft werden wollen, der ihnen besonders sympathisch ist oder den sie für eine besondere Persönlichkeit in der Gemeinde ansehen. Paulus sagt einmal, daß er froh wäre, daß er kaum jemanden getauft habe. Warum? Weil die Gefahr besteht, daß man dann mehr auf den Namen des Täufers, als auf den Namen des Herrn getauft wird. Es ist wohl wichtig, daß der Täufer dabei ganz im Hintergrund bleibt und bestrebt ist, allein auf den Herrn Jesus hinzuweisen, um dessen Autorität es ja bei der Taufe geht.

„Und er wurde getauft, er und die Seinigen alsbald. Und er frohlockte, an Gott gläubig geworden, mit seinem ganzen Hause."

Apostelgeschichte 16,33.34.